I STILL LOVE YOU

L'auteur

Cristina Chiperi, jeune Moldave de dix-neuf ans, est arrivée en Italie à l'âge de deux ans. Elle s'est inspirée de la chanson *My Dilemma* de Selena Gomez pour écrire sa trilogie bestseller, *My Dilemma Is You*.

Du même auteur

My Dilemma Is You, tome 1
My Dilemma Is You, tome 2
My Dilemma Is You, tome 3

CRISTINA CHIPERI

I STILL LOVE YOU

Traduit de l'italien
par Nathalie Nédélec-Courtès

POCKET JEUNESSE
PKJ·

Titre original :
I Still Love You
Publié pour la première fois en 2016
par Leggereditore, propriété de Sergio Fanucci
Communications s.r.l.

Contribution : Malina Stachurska

Loi n° 49956 du 16 juillet 1949 sur les publications
destinées à la jeunesse : mai 2018

ISBN : 978-2-266-27931-4
Dépôt légal : mai 2018

1

As-tu jamais été amoureuse ?

As-tu jamais été amoureuse au point de frissonner chaque fois qu'il te touche, de passer les nuits à imaginer comment les choses auraient pu se passer s'il avait su la vérité, d'avoir hâte de croiser son regard et de te sentir à l'abri dans ses bras ?

Moi, oui. Et le pire, c'est que cette personne était mon meilleur ami, Dylan, que je croyais connaître mieux que je me connaissais moi-même, avec lequel j'avais passé la plus grande partie de ma vie.

Le sentiment que j'éprouvais pour lui était tellement pur et vrai que j'avais moi-même du mal à y croire.

Mon histoire commença au lycée devant mon casier.

C'était une journée comme les autres, et pourtant j'avais un pressentiment. J'étais sûre que quelque chose – ou quelqu'un – tapi dans l'ombre s'apprêtait à tout gâcher.

D'abord le cadenas refusait de s'ouvrir. Il joua enfin à la huitième tentative.

Ensuite, j'avais un cours de chimie, et la chimie n'a jamais été l'une de mes passions… Je suis persuadée que cette matière est faite pour des personnes dotées d'un quotient intellectuel hors du commun.

Le problème, c'est que ma mère n'était pas du même avis et qu'elle m'avait forcée à la choisir.

Je pris mes livres, refermai le casier. Soudain, le couloir plein d'élèves s'estompa, laissant la place à une lumière aveuglante… autour de lui.

Mon meilleur ami venait de franchir la porte d'entrée.

« C'est *seulement* ton meilleur ami, Lucy », me dis-je, surprise.

Je le regardais tandis qu'il adressait un sourire amical à Tyler, en me demandant comment c'était possible que la perfection se concentre ainsi en une seule personne.

Car, oui, Dylan était tout simplement parfait, autant à l'extérieur qu'à l'intérieur.

Son regard finit par croiser le mien. Aussitôt, mon corps fut secoué de frissons et un sourire niais se dessina sur mon visage.

Dylan agita la main et vint me rejoindre.

— Bonjour, Lucy, dit-il en s'appuyant au casier voisin.

— Dylan…

Il ouvrit la bouche pour ajouter quelque chose, mais je le devançai :

— Non, je ne te laisserai pas copier en chimie !

Je le connaissais depuis si longtemps qu'il me suffisait d'un coup d'œil pour comprendre ce qui lui trottait dans la tête.

Il m'emboîta le pas tandis que je me dirigeais vers la salle de chimie.

— Dommage, je pensais te rendre la pareille en littérature, lâcha-t-il.

— Mais tu n'es pas bon en littérature !

Il n'avait jamais été un génie, sauf en maths, mais il se débrouillait pour toujours terminer l'année.

— J'essayais juste de te convaincre, s'esclaffa-t-il.

— Eh bien, il faut que tu inventes quelque chose d'autre, mon vieux.

— Laisse tomber, ce n'est pas de maths que je voulais te parler, fit-il.

— Ah bon ? Vas-y !

Il y avait quelque chose d'étrange dans sa voix.

— Tu connais mon obsession pour Caroline, non ?

Je connaissais *évidemment* son obsession pour Caroline.

Dylan était amoureux d'elle depuis le CP, mais il n'avait jamais eu le courage de le lui avouer.

— Dylan, je suis ta meilleure amie. Tu crois vraiment que je pourrais ne pas le savoir ? Tu n'arrêtes pas de m'en parler ! dis-je, irritée.

— Il y a quelques jours, John m'a appris qu'elle s'intéresse à moi, me raconta-t-il, tout excité.

Je me figeai au milieu du couloir et je le regardai droit dans les yeux.

— Contente pour toi ! Mais qu'est-ce que j'ai à voir là-dedans ?

— Caroline et toi êtes ensemble au cours de français, non ? Tu pourrais lui parler, essayer de devenir son amie pour comprendre si j'ai vraiment une chance avec elle...

Et puis quoi encore ? D'accord, Caroline avait l'air sympa, mais je n'avais aucune envie de jouer à la copine de la fille dont mon meilleur ami était amoureux.

Et, oui, j'étais jalouse.

— Tu ne fais pas confiance à John ?

— Tu rigoles ? Les mecs de l'équipe de foot sont des crétins. S'ils savent qu'elle me plaît, ils inventeront n'importe quoi pour que je passe pour un con, expliqua-t-il.

Il me prit les mains et les serra contre son torse.

— Tu es mon seul espoir !

Je fixais ses lèvres, qui semblaient bouger au ralenti tandis qu'il prononçait ces paroles. Elles étaient comme des aimants : je ne souhaitais qu'une seule chose, les effleurer avec les miennes…

— Tu es ma meilleure amie, ou pas ? insista-t-il.

Bien sûr. Sa *meilleure amie*.

— Hum… oui, je vais voir ce que je peux faire, promis-je avant de me dégager.

— Merci ! Tu es géniale ! s'écria-t-il en me plantant un baiser sur le front.

Malheur ! Pourquoi fallait-il que je sois tombée amoureuse de lui ?

2

Il ne faut jamais perdre espoir, n'est-ce pas ?

Je pensai à Dylan pendant toute la journée. Et si c'était vrai ? Et si Caroline éprouvait quelque chose pour lui ?

— Sanders, pouvez-vous répondre à la question que je viens de poser à la classe ? fit le prof, qui avait dû remarquer que j'étais dans la lune.

Je regardai autour de moi, embêtée : je ne savais même plus de quel cours il s'agissait.

— Euh…, fis-je pour gagner du temps.

— J'ai calculé, et je trouve quatre, répondit Dylan à ma place.

Mais bien sûr, c'était le cours de maths !

Je regardai Dylan, et il me fit un clin d'œil.

— C'est exact, Anderson. Sanders, soyez plus attentive, dit le professeur en me lançant un regard sévère par-dessus ses lunettes.

Un vrai pervers, ce mec. On aurait dit qu'il adorait me coincer chaque fois que j'étais distraite.

Heureusement, c'était ma dernière année de lycée ; bientôt, je partirais pour la Brown University. Du moins, je l'espérais, car, je n'avais encore reçu aucune lettre d'admission.

La cloche sonna, annonçant la fin de la torture.

La classe se vida en quelques secondes. Je m'apprêtais à suivre le mouvement quand j'entendis le prof lancer :

— Sanders, j'ai à vous parler.

Je savais déjà ce qu'il voulait me dire.

Je m'approchai du bureau, imitée par Dylan, qui m'avait attendue.

— Monsieur Anderson, je ne crois pas que Mlle Sanders ait besoin d'un garde du corps. Vous pouvez donc sortir.

Dylan acquiesça et quitta la pièce, me laissant seule avec le prof.

Je respirai à fond, prête à subir un autre de ses discours.

— Mademoiselle Sanders, je tiens à vous dire que je m'attends à de grandes choses de votre part à présent que vous avez demandé à être admise à la Brown University. Savez-vous que cet établissement reçoit chaque année de très nombreuses candidatures, et que seulement 9,6 % des postulants réussissent à y entrer ?

Bien sûr que je le savais ! Avant de choisir cette université, je m'étais bien renseignée. Je m'attendais à ce que ce soit difficile, pour ne pas dire impossible, mais il ne faut jamais perdre espoir, n'est-ce pas ?

— Oui, répondis-je.

— Alors, pouvez-vous m'expliquer pourquoi vous êtes aussi distraite pendant mes cours, ces derniers temps ? Les maths sont une matière fondamentale où que vous alliez, déclara-t-il sévèrement.

Je pris un air contrit et je baissai les yeux :

— Je vous promets que ça n'arrivera plus, monsieur.

— Bon, ça va pour cette fois. Cependant, si vous ne changez pas votre comportement, je serai contraint de convoquer votre mère.

— Très bien, murmurai-je avant de me précipiter dans le couloir où Dylan et Tyler m'attendaient.

— Alors ? fit Dylan.

Je haussai les épaules.

— Le sermon habituel.

À ce moment-là, Caroline passa près de nous, son superbe sourire aux lèvres. Dylan la suivit des yeux, l'air béat.

À l'évidence, l'intérêt était réciproque. Il aurait dû s'en rendre compte ! Pourquoi fallait-il qu'il m'entraîne dans cette histoire ?

— Dylan ? appela Tyler en passant la main devant le visage ensorcelé de mon meilleur ami.

— Lucy, promets-moi de lui parler aujourd'hui ! supplia celui-ci.

— OK, OK, je vais le faire, dis-je en évitant son regard.

Je ne voulais pas qu'il sache que je ressentais un vide terrible en moi chaque fois qu'il me parlait d'elle.

— Attends, John ne t'a pas dit qu'elle craquait pour toi ? intervint Tyler.

— John est un crétin. Je suis sûr qu'il se fout de moi ! Souviens-toi de la blague qu'il m'avait faite en seconde.

— Ouais, c'était une vraie vacherie, ricana Tyler.

Tiens ! Une blague, et je n'étais pas au courant… Je lâchai, mine de rien :

— Et en clair, ça donne quoi ?

— Laisse tomber, c'est des trucs de mec, répliqua Tyler.

— Oh, allez ! lança Dylan.

Je lui serrai la main avec reconnaissance : j'en avais marre que Tyler m'exclue toujours de leurs conversations « de mec ».

— John m'avait fait une blague qui te concernait, toi… Ce n'était rien d'important, prétendit Dylan, comme s'il trouvait ça normal.

Ça ne l'était pas pour moi. Savoir que ce crétin de John avait plaisanté à mes dépens me rendait folle de rage.

Je voulais à tout prix découvrir de quoi il s'agissait, mais Tyler me devança en disant :

— On doit aller voir Ben.

— D'accord, fit Dylan. À plus tard, Lucy.

Je n'avais pas envie de passer la pause déjeuner seule, à manger mon cupcake, alors je me dirigeai dehors, où je savais que je retrouverais Beth, ma meilleure amie.

En effet, elle était à l'endroit habituel, son portable dans la main, occupée à surfer sur les réseaux sociaux. Beth avait une passion démesurée pour la vie privée des célébrités.

Elle sourit.

— Enfin ! Je me demandais si tu allais venir.

Nous avions l'habitude de passer la pause ensemble, c'était devenu une sorte de rite.

— Oh, regarde, Harry Styles vient de twitter ! s'exclama-t-elle, excitée.

Comme, pour une fois, je ne me moquai pas de sa manie, elle me jeta un regard intrigué :

— Ça va ? T'as l'air bizarre...

Je mordis dans mon cupcake.

— Dylan m'a demandé de devenir amie avec Caroline pour savoir ce qu'elle pense de lui.

— Et... ?

— Je ne sais pas... je n'ai pas très envie de la connaître, dis-je, les yeux fixés sur mon gâteau.

— Pourquoi ? Tu ne serais pas un peu jalouse ? dit Beth, ce qui lui valut un regard furieux de ma part.

Elle savait parfaitement que je détestais qu'elle parle de Dylan et moi de cette manière. Elle était la seule à savoir que j'étais amoureuse de lui, et je ne supportais pas qu'elle plaisante à ce sujet.

— Lucy, qu'est-ce que tu attends pour le lui dire ?

— Lui dire quoi ?

— Qu'il te plaît, ou plutôt, que tu es dingue de lui.

— On arrête cette conversation, d'accord ? lançai-je en essayant d'ignorer une petite voix intérieure qui me répétait que je devais faire une croix sur une histoire d'amour avec Dylan.

— Pourquoi ? Si tu ne le fais pas, tu risques de le regretter le restant de ta vie.

— Et si je le fais, je risque de le perdre pour toujours. Je préfère le garder comme ami, plutôt que de le voir disparaître de ma vie.

— Fais comme tu veux, mais ensuite ne viens pas me dire que je ne t'avais pas prévenue.

— Rassure-toi, je ne le ferai pas !

La cloche sonna ; c'était le moment où j'étais censée parler à Caroline, avec qui je suivais depuis quatre ans le même cours de français et l'entraînement de pom-pom girls sans lui avoir jamais adressé la parole.

Et je n'avais pas l'intention de le faire. En tout cas, pas aujourd'hui. Pas question !

Quant à Dylan, je lui dirais que le cours était si intéressant que j'en avais oublié l'objet de ses fantasmes.

Seulement, Dylan savait très bien que je détestais le français : je l'avais choisi pour faire plaisir à ma mère…

Je trouverais sûrement une excuse valable, j'en étais sûre.

Je longeai le couloir en réfléchissant à ce que j'allais lui servir comme prétexte.

Dylan était devant son casier. Il sourit dès qu'il me vit.

Mon estomac se noua. Je ne comprenais pas comment un simple sourire pouvait éveiller une émotion aussi forte.

Je continuai mon chemin vers la salle de français et je m'y engouffrai, espérant arriver avant la prof.

Loupé ! Elle était déjà assise derrière son bureau, le stylo à la main et le regard fixé sur une feuille ; par chance, elle ne s'aperçut pas de mon retard.

Une fois installée à ma place, je me tournai vers Caroline.

Qu'est-ce que Dylan lui trouvait d'aussi spécial ? Ses cheveux bruns coiffés à la perfection ? Ses yeux magnifiques ? Sa silhouette de mannequin ?

Eh oui, Caroline s'approchait de l'idéal féminin. Superbe et adorable, elle faisait partie de l'équipe des pom-pom girls, était l'une des meilleures amies de la capitaine. Il ne lui manquait rien. Sa vie même était parfaite…

Il n'était pas difficile de comprendre pourquoi Dylan était tombé amoureux d'elle. Caroline était le contraire de moi, ce qui me rendait terriblement jalouse. Tellement jalouse que je décidai de dire à Dylan qu'il n'aurait jamais aucune chance avec elle et qu'il devait laisser tomber.

Seulement, si je faisais ça, je me dégoûterais, et je finirais par lui dire que ce n'était pas vrai.

— Choisissez un camarade pour pratiquer la conversation, ordonna la prof.

Caroline se trouvait juste devant moi et me regardait d'une manière bizarre… et sans réfléchir, je proposai :

— On se met ensemble ?

3

« Ça vaut mieux pour nous deux... »

— Tu me racontes des salades, hein ? lâcha Beth, stupéfaite.

Eh bien, non, ce n'était pas une blague : j'avais vraiment choisi Caroline Powell comme binôme pour la conversation en français.

— Mais pourquoi ? Je… je ne te comprends pas ! souffla ma meilleure amie.

— Je n'en sais rien, Beth. Je me suis retrouvée devant elle et, sans même m'en rendre compte, je le lui ai demandé.

Beth se pencha en avant pour me parler sans que personne l'entende.

— Tu comptes vraiment aider Dylan ? Attention, Lucy, si tu fais ça, tu vas en souffrir.

Je me redressai.

— Beth, je crois que ça vaut mieux pour nous deux. Lui, il parlera enfin avec la fille pour laquelle il a craqué, et moi, je pourrai l'oublier pour toujours.

Je me levai.

— Peut-être que mon futur petit ami est juste au coin de la rue en train de m'attendre et qu'il a hâte de me rencontrer.

Je me retournai et tombai nez à nez avec Dylan.

— Qui a hâte de te rencontrer ? s'esclaffa-t-il.

Je décidai de me rasseoir : je n'allais pas partir juste au moment où Dylan arrivait.

— Un de mes copains, prétendit Beth. Samedi, nous allons à une fête, et il a hâte de la rencontrer.

Dylan se tourna vers moi, un sourcil froncé et une expression étrange sur le visage :

— Ah bon ? J'ignorais que tu étais comme ces filles qui sortent le samedi soir pour rencontrer des mecs…

Je foudroyai Beth du regard : je l'aurais étranglée, même si elle avait voulu me rendre service.

Dylan me connaissait tellement bien ! Il savait que je n'appréciais pas ces soirées, préférant rester chez moi à lire un livre, avec une bonne tasse de thé, ou à regarder un film déprimant, un saladier de pop-corn sous la main.

— Moi non plus…, murmurai-je de manière à ce qu'il ne m'entende pas. On a parfois envie de faire quelque chose qui sorte de nos habitudes, ajoutai-je plus fort.

Dylan me regarda, l'air surpris.

— Eh oui, tout le monde change ! déclara Beth pour détourner son attention de moi. Ce qui est sûr, c'est qu'on va s'amuser. Tu devrais venir toi aussi.

La mise en scène improvisée par mon amie était claire : pour la énième fois, elle cherchait à le rendre jaloux. Et, pour la énième fois, c'était peine perdue.

— Je vais voir. C'est un truc que j'aime pas beaucoup, moi non plus, dit-il en me jetant un coup d'œil intrigué.

Oui, on se ressemblait tellement, Dylan et moi ! Lui aussi passait le samedi soir chez lui avec ses amis, ou juste avec moi. Il était rare qu'il se laisse entraîner par Tyler pour participer à une fête.

— Tiens-moi au courant, j'avertirai ma copine qui organise la fête, dit Beth.

Ainsi, il y avait vraiment une fête, et Beth s'attendait à ce que j'y aille. Et l'histoire de l'ami qu'elle devait me présenter ? Était-ce vrai aussi ? Cela m'était complètement égal, vu que je n'avais aucune intention de l'accompagner.

— Hé, laissez-moi passer ! lança Tyler.

Il posa son plateau sur la table et s'assit près de Beth, qui poussa un soupir excédé.

Toutes les deux, nous avions du mal à le supporter. Nous le connaissions depuis le CP, mais n'avions pas de lien fort avec lui. Nous étions obligées de le fréquenter, car il était le meilleur ami de Dylan.

C'était le mec classique, prétentieux et antipathique, qui exerçait une certaine fascination sur les filles de seconde.

— Samedi prochain, Clarisse Ross fait une fête chez elle. Et nous deux, on va y aller, dit-il à Dylan, l'air tout excité.

— Clarisse ? Sérieusement ? lâcha Beth, surprise.

— J'ai jamais été plus sérieux. Cette nana organise des fêtes géniales, avec plein d'alcool, t'as pas idée. Il faut absolument y aller, mon pote.

Dylan ne semblait pas convaincu. Et je ne l'étais pas non plus. Ça serait sûrement un sacré bazar ; nous détestions ça tous les deux.

Beth secoua la tête.

— C'est pas vrai ! Je n'arrive pas à croire que nous devrons te supporter toute la soirée...

— C'est de cette fête que tu parlais ? lui demanda-t-il.

— Malheureusement, oui.

— Ça va être grandiose, faites-moi confiance. Lucy, j'espère que le film que tu regarderas ce soir-là sera au moins aussi amusant, me taquina Tyler.

— Tyler..., intervint Dylan.

Il lui lança un regard furieux, mais sincèrement, ça m'était égal, j'étais habituée à son caractère. Sauf que, cette fois, j'avais envie de le surprendre.

— Je ne regarderai pas de film, étant donné que j'y vais, moi aussi, à cette fête, déclarai-je.

— Toi ? Vraiment ? ricana Tyler.

À ce moment-là, Caroline s'approcha de notre table.

— Salut Lucy, dit-elle, n'oublie pas de m'envoyer des infos pour notre projet, OK ?

En même temps, elle jeta un coup d'œil à Dylan, qui piqua un fard.

C'était insupportable, mais que pouvais-je faire ? J'aurais tellement voulu détester Caroline, mais en fait, je n'arrivais pas à trouver une seule chose qui joue contre elle : elle était superbe, et avait l'air super sympa.

Je m'efforçai de sourire :

— Euh... bien sûr ! Je t'envoie ça cet après-midi.

— À plus tard, dit-elle avant d'aller s'asseoir à sa place habituelle.

— Tu as vraiment parlé à Caroline Powell ? demanda Tyler.

— Malheureusement, murmura Beth, mais, par chance, personne ne l'entendit.

— Oui, dis-je, mal à l'aise, en évitant le regard de Dylan.

Soudain, il posa sa main sur la mienne, et mon dos fut parcouru de frissons, comme chaque fois qu'il me touchait.

Je levai les yeux.

— Merci, me dit-il, et je me contentai d'esquisser un sourire.

Je sentis un spasme me tordre l'estomac et je décidai qu'il était temps de partir. Je sautai sur mes pieds.

— J'ai un cours de géo, j'y vais.

Je pris mon plateau et je me sauvai sans attendre la réaction des autres.

Heureusement, le cours de géo était l'avant-dernier de la journée. J'avais hâte de rentrer chez moi et de me blottir sous ma couette.

Le temps à Cannon Beach était vraiment pourri. En automne, il faisait très froid et il pleuvait tout le temps. L'hiver était encore pire. Au printemps, il y avait tant de vent qu'il était difficile de tenir debout. Par chance, il ne restait que trois mois avant l'été, la période de l'année que je préférais parce que je pouvais partir en vacances sous le soleil avec mon frère et ma mère.

J'entrai dans la classe et, après avoir salué quelques filles de l'équipe des pom-pom, je m'installai à ma place.

Eh oui, pour mon plus grand malheur, j'étais une pom-pom girl, évidemment pas par choix, mais parce que je me sentais obligée de suivre les traces de ma mère qui, lorsqu'elle était jeune, avait été une célébrité à l'école.

La prof fit son apparition et annonça :

— Avant de commencer le cours, j'ai le plaisir de vous présenter un nouvel élève, venu de Californie.

Elle fit un signe de tête vers la porte.

Qu'est-ce qui avait poussé ce pauvre garçon à quitter un endroit magnifique comme la Californie pour venir s'installer dans une ville aussi triste que Cannon Beach ?

— Je vous présente votre nouveau camarade, Daniel Bailey. C'est son premier cours dans notre lycée. Je vous demande de l'accueillir comme il se doit. Il passera les derniers mois de l'année scolaire avec vous.

Le nouveau s'avança et adressa un sourire timide aux élèves.

Les filles se mirent à chuchoter entre elles. Moi, je restai tout simplement fascinée.

Daniel Bailey avait de magnifiques yeux verts et n'était pas comme les garçons de Cannon Beach. Il avait quelque chose de différent.

— Va t'asseoir à ta place, Daniel, là, devant Phil, dit la prof avec un sourire de circonstance.

En fin de journée, après le dernier cours, je filai vers la sortie, impatiente de me retrouver chez moi.

— Lucy !

En me retournant, je rencontrai le sourire parfait de Dylan.

— Salut.

— Tu rentres chez toi ? demanda-t-il bêtement.

— Euh, oui, dis-je, et je me remis en route.

Connaissant Dylan, j'étais sûre que cette question dissimulait autre chose.

— Tiens, moi aussi, fit-il.

Dehors, le vent ébouriffa mes cheveux et me fit frissonner.

Dylan marchait près de moi, les yeux fixés sur le sol.

— Tout va bien ? demandai-je, intriguée par son comportement.

— Bien sûr. Dis, tu es vraiment sûre de vouloir aller à cette soirée ? lâcha-t-il en se passant la main dans les cheveux, l'air embarrassé.

— Oui, oui. Il paraît que les fêtes de cette Clarisse sont grandioses. Je suis curieuse d'y aller, juste pour ne pas passer pour une sauvage.

— Ah... Lucy, je te connais assez pour savoir qu'une fête de ce genre n'est pas pour toi. Sincèrement, j'ai peur que ça ne te plaise pas.

C'était sympa qu'il s'inquiète pour moi, et en même temps ça me faisait mal : il tenait à moi comme à une amie, peut-être même comme à sa meilleure amie, mais rien de plus.

— Alors, viens aussi, toi, lui proposai-je sans réfléchir.

Ce n'était pas une bonne idée... Les filles allaient lui tourner autour, ou pire, il me demanderait de l'aider à s'approcher de Caroline...

— Pourquoi pas ? On passera une bonne soirée ensemble ! Et, comme ça, je garderai à l'œil le mec que

Beth va te présenter. Je ne veux pas que ma meilleure amie se retrouve à la merci d'un idiot.

Entre-temps, nous étions arrivés à l'endroit où nos chemins se séparaient.

— À demain, dit Dylan, et il planta un baiser sur ma joue.

Ce simple contact me fit presque tomber dans les pommes.

— À demain, dis-je, les jambes en coton.

Je respirai à fond pour desserrer le nœud qui s'était formé dans ma gorge. Pourquoi fallait-il que je tombe amoureuse de lui ?

4

« Tu attendais le prince charmant ? »

La semaine passa à toute vitesse.

Le samedi, en me préparant pour la soirée de Clarisse, je me demandais pourquoi ses fêtes avaient autant de succès. Était-ce parce qu'elle était meneuse des pom-pom girls ? Ce soir, je pourrais enfin répondre à cette question…

Les jours précédant la fête, je n'avais adressé la parole à Caroline qu'une seule fois : un très simple « salut », rien de plus.

Je n'aurais jamais imaginé qu'à partir de ce samedi fatidique elle ferait partie de ma vie quotidienne. Si j'avais pu le savoir, j'aurais trouvé une excuse quelconque pour ne pas y aller. Malheureusement, on n'a pas encore inventé de machine qui montre l'avenir.

Une fois prête, je m'examinai dans le miroir de ma chambre.

« Qu'est-ce que tu fabriques ? Tu aurais pu rester chez toi avec Dylan à regarder un film ! » me chuchota ma petite voix intérieure. Sincèrement, j'aurais dû l'écouter…

Je mis mes Vans et descendis au rez-de-chaussée.

— Waouh ! souffla mon frère. T'as mis le paquet, ma vieille !

— Ricky, ne recommence pas, soupirai-je.

Il avait deux ans de moins que moi et était en seconde.

— Ce n'est pas juste ! protesta-t-il. Toute ma classe sera là-bas.

Ricky et moi n'avions rien en commun : lui aimait faire la fête et d'autres trucs typiques des ados. Sans la vigilance de maman, il serait tout le temps dehors.

— Crois-moi, si je pouvais, j'échangerais volontiers avec toi, lui avouai-je.

Pendant que je marchais vers la maison de Clarisse, qui n'habitait pas loin de chez moi, je remarquai qu'un nombre incroyable de voitures, de motos et même de vélos me dépassaient, allant dans la même direction.

Mais combien de personnes avait-elle invitées ?

Une fois arrivée devant chez elle, j'appelai Beth, qui ne pouvait pas déjà être là, vu qu'elle était une retardataire chronique.

— Bouge-toi un peu ! lui dis-je. Je suis seule devant la grille de Clarisse. Il y a des mecs bizarres…

En effet, un garçon, déjà ivre, me toisait en ricanant.

— Je t'ai toujours dit qu'il ne faut pas arriver à l'heure aux fêtes ! s'esclaffa Beth.

— Dépêche-toi ! C'est super glauque…

Je raccrochai.

Dix minutes plus tard, Beth n'était toujours pas là. J'examinai les alentours et j'aperçus le nouveau qui était dans mon cours de géo.

— La voilà, dit quelqu'un dans mon dos.

Je me retournai et je vis Dylan en compagnie de Tyler.

— Salut, les gars ! dis-je, ravie.

Enfin des visages connus !

Dylan vint me serrer dans ses bras. Comme toujours, cette simple étreinte éveilla en moi une émotion incroyable. J'aurais voulu ne plus jamais me détacher de lui. Cela faisait dix ans que mon meilleur ami mettait tous mes sens en pagaille. On peut imaginer à quel point il m'était difficile de vivre avec un tel secret.

Quand il s'écarta, je ressentis un vide terrible en moi, comme chaque fois.

Je saluai Tyler d'un signe de la main : les embrassades, ce n'était pas son truc.

— Comment ça se fait que tu sois là toute seule ? Tu attendais le prince charmant ? demanda Dylan avec son sourire craquant.

« Oui, et maintenant, il est là, devant moi », pensai-je.

— Eh bien, non. J'ai rendez-vous avec Beth, qui est en retard, comme d'habitude.

La musique qui parvenait de la maison était de plus en plus forte. « Encore dix minutes, et les voisins vont appeler les flics, si ce n'est pas déjà fait », me dis-je.

— Hé, viens, Dylan ! Ils ont l'air de s'éclater ! s'exclama Tyler, impatient.

Dylan me jeta un coup d'œil comme s'il me demandait la permission. En amie sympa, je lui dis :

— Vas-y, Beth ne va plus tarder.

— On se retrouve à l'intérieur, lança-t-il avant de suivre Tyler.

Tandis qu'il s'approchait de la porte d'entrée, je vis son regard se fixer sur quelque chose.

Ou plutôt, sur quelqu'un... Caroline !

Ils restèrent les yeux dans les yeux quelques secondes, puis Tyler le prit par le bras et l'entraîna dans la maison.

À ce moment, je le jure, j'aurais offert une médaille à cet emmerdeur de Tyler.

Seulement, Caroline les suivit deux secondes plus tard.

Comment faisait Dylan pour ne pas se rendre compte que cette fille était folle de lui ?

Je sursautai en entendant une voix derrière moi :

— Tu penses à quoi, bébé ?

— Beth ! Tu m'as fait peur !

Beth éclata de rire, amusée.

— Dépêchons-nous. Dylan et Tyler sont déjà arrivés.

— Ah, Tyler... J'espère qu'il ne va pas nous gâcher la soirée, soupira-t-elle.

— Ne t'inquiète pas, il sera trop occupé à mater toutes ces nanas en mini-jupe !

Une fois dans la maison, une forte odeur de fumée nous sauta au nez. Les jeunes dansaient, agglutinés les uns aux autres, et on étouffait.

Beth me prit par la main et m'entraîna sur la piste de danse.

— Maintenant, tu te détends et tu t'amuses ! lança-t-elle en se trémoussant au rythme de la musique.

J'essayai de l'imiter, même si danser n'était pas vraiment mon fort… Je ne me sentais pas à ma place au milieu de cette foule.

— Oh, c'est tout ce que tu sais faire ? souffla Beth.

Elle m'attrapa par les épaules et commença à sautiller.

Pendant que je m'efforçais de faire comme elle, mon regard se posa sur Dylan et Tyler, entourés par un tas de filles. Ils tenaient chacun un verre bleu à la main et chantaient à tue-tête la chanson qui résonnait dans toute la maison. Voir Dylan ainsi m'arracha un sourire.

— Oh non ! lâcha Beth en apercevant Tyler.

Pour ma part, je ne le trouvais pas très sympa, mais Beth, elle, le considérait comme la personne la plus insupportable de la terre.

— Viens, on va boire un verre ! s'écria Beth en m'entraînant derrière elle.

Je me laissai faire, bousculée par des gens que je ne connaissais pas et que je ne reverrais plus après cette fête, qui, d'ailleurs, n'avait aucun intérêt. Je ne comprenais toujours pas pourquoi ces soirées avaient autant de succès.

— Tiens, me dit Beth, qui me tendit un verre semblable à celui que j'avais vu entre les mains de Dylan.

— Euh… pour ce soir, je passe, dis-je en regardant autour de moi.

— Ah, non ! Tu bois et tu t'amuses ! Je parie que tu ne remettras jamais les pieds dans cette maison ; alors, éclate-toi ! insista-t-elle.

J'approchai le verre de mes lèvres et respirai à fond avant d'en boire une gorgée. Beurk ! C'était infect. Comment les autres arrivaient-ils à avaler ce truc ?

— Bouge pas d'ici, je dois dire un truc à Clarisse, lança Beth.

J'en profitai pour poser le verre sur la table et courir recracher le reste du liquide dans un vase.

— Oh, je vois que certaines personnes n'apprécient pas le Long Island, entendis-je dire à ma droite.

Je pivotai : le nouveau, celui qui venait de Californie, assis sur l'un des canapés du patio, me regardait, hilare.

— Le quoi ?

Je n'avais jamais été experte en cocktails.

— Le Long Island, que tu viens de recracher. Tu ne connaissais pas ?

— Qu'est-ce que ça peut bien te faire ?

Je retournai à l'intérieur, le plantant là.

Quelqu'un me passa le bras autour des épaules ; je reconnus aussitôt son parfum.

— La voilà, ma meilleure amie ! s'exclama Dylan d'une voix pâteuse.

Apparemment, il avait trop bu. Je le fixai, surprise : je ne l'avais jamais vu dans cet état.

— Tout va bien ? demandai-je.

— Ça irait mieux si tu venais danser avec moi.

Il me fit un clin d'œil, me prit la main et m'entraîna vers le centre de la piste, où Clarisse et Tyler étaient en train de se frotter l'un contre l'autre.

À l'idée que Dylan aurait pu « danser » de cette façon avec d'autres filles, je ressentis une bouffée de jalousie terrible.

Je m'efforçai de me détendre pour profiter de la fête.

Dylan entrelaça ses doigts aux miens et on commença à danser.

Au bout d'un moment, il m'attira plus près de lui et plaça ses mains sur ma nuque.

Mon cœur battait à mille à l'heure. Si je m'étais penchée de quelques centimètres de plus, j'aurais pu l'embrasser.

Je ne pouvais détacher mes yeux de ses lèvres, et il me semblait qu'il regardait ma bouche, lui aussi. Je n'eus pas le courage de faire le premier pas. J'aurais dû...

Puis il détourna les yeux et esquissa un petit sourire.

Je suivis son regard, et je vis Caroline qui marchait vers nous avec quelques amies. Dylan la regardait, ensorcelé.

Oh non, pas maintenant !

Blessée, je m'écartai de lui :

— Je vais voir où est passée Beth.

Il acquiesça, le regard toujours fixé sur la jolie brune.

Je m'éloignai en courant, avec dans la bouche un goût encore pire que celui de l'infect cocktail que je venais de goûter.

5

« Ils se dévoraient des yeux... »

À minuit, la soirée battait son plein, mais pour moi elle était finie. Je rentrai à la maison, amère et résolue à ne plus jamais retenter l'expérience.

J'étais partie, car je n'avais pas réussi à retrouver Beth, et Dylan ne quittait pas Caroline des yeux. Le comble, c'est que Caroline, à la différence de Clarisse, ne se donnait pas en spectacle, ne se frottait contre personne, et d'après ce que je voyais, ne buvait pas non plus d'alcool. Elle continuait juste de danser avec ses copines.

Bref, une fille parfaite.

Lundi, épuisée, j'eus un mal fou à me lever. La veille, comme chaque lendemain de fête, maman nous avait accablés de différentes corvées.

Le petit déjeuner me dégoûtait encore plus qu'à l'habitude, et Ricky semblait faire tout son possible pour m'énerver.

— Maman, et mes chaussettes ?

— Maman, et mon jean, le noir déchiré aux genoux ?

— Maman, et mon tee-shirt gris ?

— Ricky, tais-toi et cherche tes affaires tout seul ! criai-je en mettant ma tasse dans le lave-vaisselle.

Excédée, je sortis de chez moi et je filai vers l'arrêt de bus où je me rendais chaque matin et où j'espérais retrouver Dylan, même si ça aurait tenu d'un miracle.

Dylan aimait aller à l'école en voiture et prenait rarement le bus, sauf quand il avait envie de faire un peu de route à pied. Apparemment, ce matin-là, ce n'était pas le cas…

Je venais à peine d'arriver au lycée que quelqu'un me barra la route.

C'était mon meilleur ami.

— La voilà, ma princesse, dit-il, et il m'étreignit avec force.

— Salut, Dylan.

— Hé, arrêtez ça. Vous me donnez envie de vomir, commenta Tyler.

Pourquoi fallait-il qu'il se mêle toujours de ce qui ne le regardait pas, celui-là ? Ne pouvait-il pas disparaître de la surface de la terre et nous laisser seuls, Dylan et moi ?

— Bonjour à toi aussi, Tyler, dis-je d'un ton ironique, ce qui me valut un regard furieux de sa part.

— Tyler, au lieu de nous déranger, tu ne pourrais pas… je ne sais pas… retourner draguer ? fit Dylan.

— Ah, tu veux dire comme toi avec Caroline avant-hier ? ricana Tyler.

Comme toi avec Caroline : comment cette phrase pouvait-elle être interprétée ? Que Dylan lui avait parlé ? Qu'ils s'étaient juste regardés ? Ou qu'ils avaient poussé plus loin ?

Je demandai nonchalamment :

— Tu as dragué Caroline ?

— Oh, tu ne les as pas vus ? lança Tyler.

Je secouai la tête. Pourquoi avais-je décidé de m'en aller aussi tôt ?

— Tyler, arrête ! dit Dylan d'un ton menaçant.

— Oh si, Tyler, raconte, fis-je en croisant les bras.

— Tu aurais dû les voir ! Ils se dévoraient des yeux. Pendant qu'ils dansaient, on aurait dit que la seule chose qui les intéressait était de s'enfermer dans une chambre et d'y aller à fond. Sauf qu'elle est super timide, elle me l'a dit elle-même. Mais aujourd'hui, Dylan fera le grand saut. Il va aller lui parler.

Je m'efforçais de sourire tandis que les paroles de Tyler résonnaient dans ma tête.

Ils se dévoraient des yeux…

La seule chose qui les intéressait était de s'enfermer dans une chambre et d'y aller à fond…

La journée allait être longue… Le lundi était toujours pénible, mais aujourd'hui, ça allait être pire que tout.

Dylan se rapprochait de Caroline, et je ne pouvais rien faire pour l'en empêcher.

« Sauf si je lui dis que j'éprouve quelque chose pour lui », me souffla ma conscience.

Oui, mais ça aurait été peine perdue : il n'avait d'yeux que pour Caroline. Tout ce que j'aurais obtenu, c'est qu'il s'éloigne de moi.

J'ouvris mon casier et je pris le livre du premier cours de la journée : littérature anglaise.

— Le Long Island est un mélange de jus de citron vodka, gin, rhum et tequila. La fille qui a organisé la fête avait dû faire appel à un barman professionnel…, entendis-je dire derrière la porte grande ouverte de mon casier.

Cette voix me semblait familière. Une fois le battant refermé, je vis le nouveau.

— Pardon ? lâchai-je.

— Le cocktail que tu as bu samedi était préparé avec ces ingrédients. Si tu l'as recraché, c'est parce que tu n'es pas habituée aux alcools forts, expliqua-t-il.

— Euh… merci, mais ça ne m'intéresse pas, dis-je en me dirigeant vers ma salle.

Il m'emboîta le pas.

— Moi, c'est Daniel, fit-il.

Je m'arrêtai et je me retournai.

La journée était déjà bien pourrie, je n'avais pas besoin qu'un mec bizarre me colle, par-dessus le marché.

— Tu me laisses, OK ? lançai-je, agacée.

Je regrettai sur-le-champ de m'être emportée. Les histoires de Dylan allaient finir de gâcher la journée et me faire passer pour une teigne.

Daniel sourit.

— Tu n'as pas l'air de bonne humeur… Alors, je ne t'embête pas davantage.

— Non, attends.

Les paroles avaient jailli de mes lèvres sans que je sache comment continuer.

— Je suis désolée… Ce n'est vraiment pas mon jour.

— Je comprends.

Je m'efforçai de sourire et lui tendis la main.

— Je m'appelle Lucy.

— Ravi de te connaître, Lucy, dit-il.

La cloche sonna.

— Tu as littérature anglaise, non ? poursuivit-il.

— Oui.

— Tu pourrais me dire où est la salle ? Je n'arrive pas encore à me repérer dans ce labyrinthe, dit-il en riant.

Tout à coup, je me dis que devenir amie avec ce garçon ne me déplairait pas. Il avait l'air sympa, et en plus il était mignon.

« Et tu pourrais rendre Dylan jaloux », suggéra ma petite voix intérieure.

N'importe quoi ! Dylan n'en aurait rien à faire, il risquait même d'être content pour moi.

— Bien sûr, viens avec moi, dis-je.

Une fois dans la classe, il posa son sac à dos sur la table près du mien.

— Donc, tu ne bois pas, tu ne fumes pas et tu n'aimes pas les fêtes, c'est ça ? dit-il.

Décidément, ce garçon était incapable de s'occuper de ses affaires.

— Eh bien, oui, tu as tout compris.

Inutile de nier l'évidence.

— Bizarre… tu as l'air d'une personne complètement différente.

Dylan et Tyler entrèrent dans la classe et, à leur sourire, je devinai qu'il y avait du nouveau. Cela concernait sans doute Caroline, et ça n'allait certainement pas améliorer ma journée.

Pour couronner le tout, le prof annonça une éval' imminente. J'allais devoir bosser comme une folle pour ne pas me ramasser.

À la pause déjeuner, je me dirigeais seule vers le self quand la voix de Dylan me fit frissonner.

— Lucy, tu manges avec nous ?

Malheureusement, il était en compagnie de Tyler. Le déjeuner serait long et ennuyeux.

— Bien sûr, dis-je à contrecœur.

Au self, on alla s'asseoir à la première table libre, Tyler et Dylan commencèrent aussitôt à parler de la fête de Clarisse : ça avait été cool, ils avaient hâte qu'elle en organise une autre, et blablabla.

À cet instant, Caroline s'approcha de notre table, souriante et parfaite, comme toujours.

— Salut, Dylan, lança-t-elle, salut, Tyler. Lucy, on se voit tout à l'heure en français. Je suis impatiente de travailler avec toi.

Sur ce, elle s'en alla.

Dylan la suivait des yeux, un sourire idiot gravé sur le visage. Pas de doute, il était follement amoureux d'elle, et moi, je n'aurais jamais aucune chance avec lui. Il fallait que je me fasse une raison.

— T'as vu ça, mon pote ? Cette fille est raide dingue de toi, commenta Tyler.

— N'importe quoi ! Elle m'a juste dit bonjour, répliqua Dylan avant de se remettre à manger.

— Je connais ce genre de fille timide. Il faut que tu lui parles, mon vieux.

Cet après-midi, il y avait les entraînements de football et de pom-pom girls.

— Et toi, Lucy, comment s'est passée ta soirée ? demanda Tyler en mordant dans sa pomme.

Je savais parfaitement qu'il était en train de me provoquer pour m'entendre dire que je m'étais ennuyée à mourir.

— Oui, c'est vrai, je voulais te le demander ce matin, mais tu es partie, fit Dylan, l'air intéressé.

Je décidai de ne pas jouer leur jeu.

— C'était marrant, et le Long Island n'était pas mal du tout.

Ils en restèrent bouche bée tous les deux.

— Tiens, tu t'y connais en cocktails maintenant... Tu fais des progrès, ricana Tyler.

Il lança un coup d'œil à Dylan, qui se contenta de secouer la tête.

— Et le copain que devait te présen..., commença Dylan.

Il fut interrompu par Beth la tornade, qui posa bruyamment son plateau sur la table et se laissa tomber comme une masse sur sa chaise.

— Sérieusement, Lucy, tu déjeunes avec Tyler ?

— Mmm... quelqu'un est de mauvaise humeur, apparemment. Tu n'as qu'à aller faire un petit tour pour te calmer les nerfs..., la provoqua ce dernier.

Beth devint rouge comme une pivoine, se leva, prit son verre plein d'eau et le lui renversa sur la tête.

Je la fixai, interloquée : je ne l'avais jamais vue perdre son calme comme ça.

Puis, comme si de rien n'était, elle respira à fond, se rassit et commença à manger, ignorant Tyler qui, furieux, passait la main dans ses cheveux trempés.

— T'es une vraie garce, Beth ! siffla-t-il.

— En tout cas, j'ai réussi à te faire taire.

Il s'était passé quelque chose entre ces deux-là. Je décidai de demander des explications à Beth à la première occasion : on ne cache pas des choses à sa meilleure amie !

— C'est bon ! Vous voulez ma photo ? s'écria Tyler, agacé.

— Au fait, Clarisse organise une autre soirée dans deux semaines. Lucy et moi, on y va, annonça Beth.

Elle exagérait ! Je m'étais promis de ne plus remettre les pieds dans cette maison, et je n'avais pas l'intention de changer d'idée.

— Finalement, il était comment, le mec que Beth devait te présenter ? revint à l'attaque Dylan.

Mon amie se mit à tousser, tandis que je réfléchissais à une réponse. J'étais ennuyée et à court d'idées jusqu'à ce que mon regard tombe sur le nouvel élève. Dans le fond, je ne mentirais pas à cent pour cent. Ce n'était pas Beth qui me l'avait présenté, mais je l'avais quand même rencontré à la fête.

— Très mignon et... sympa, répondis-je, l'air indifférente.

Beth resta silencieuse, les yeux fixés sur Dylan pour voir comment il le prendrait.

— Quoi ? La Sanders qui rencontre des garçons et boit à des fêtes ? Mais qui es-tu, l'inconnue ? Qu'est devenue la fille innocente qui..., commença Tyler.

Mais Dylan le coupa :

— C'est un mec du lycée ?

— Oui. C'est le nouveau qui est avec nous en littérature.

— Quoi ? lâcha Beth.

Heureusement, elle se rendit aussitôt compte qu'elle n'aurait pas dû réagir comme ça.

— Euh… c'est-à-dire… c'est bizarre que tu l'aies trouvé sympa… les gens ne le supportent pas, essaya-t-elle de se rattraper.

C'était une des excuses les plus banales de la terre, mais heureusement pour moi, Tyler et Dylan eurent l'air de l'avaler.

— C'est bientôt le début du tournoi de football, dit Tyler, en changeant de sujet.

Jusqu'à la fin du déjeuner, Beth me regarda d'un air intrigué, tandis que Dylan ne semblait pas très intéressé par ce que lui racontait Tyler.

Après le repas, je retins Beth pour lui parler. Il fallait à tout prix que je sache pourquoi elle avait réagi avec une telle violence à la provocation de Tyler.

6

« Tu n'as pas encore eu ton câlin aujourd'hui. »

— Beth, attends !

Je la poursuivais dans le couloir sans cesser de l'appeler, mais elle refusait de s'arrêter.

Je n'y comprenais rien ! Pourquoi la malheureuse remarque de Tyler l'avait blessée de la sorte ? Que s'était-il passé entre eux qui l'avait mise dans cet état ? Je n'allais pas la lâcher aussi facilement, quitte à la courser à travers tout le lycée !

— Beth, je t'en prie ! criai-je en piquant un sprint.

J'arrivais à sa hauteur lorsqu'elle pila brusquement.

C'est alors que je vis les larmes qui sillonnaient ses joues.

— Lucy, je n'en peux plus. Je me sens trop con ! sanglota-t-elle.

La cloche sonna la fin de la pause déjeuner ; nous ne pouvions pas rester plantées au milieu du couloir. Je pris sa main et je l'entraînai dans les toilettes, où nous pourrions parler sans qu'on nous dérange.

Une fois la porte refermée derrière nous, Beth se défoula en jetant au sol les rouleaux de papier toilette et en claquant avec force les portes des cabines.

Je dus crier pour attirer son attention :

— Pourquoi tu es furieuse ? Tu m'expliques ce qui s'est passé avec Tyler ?

— Je n'ai pas envie d'en parler, ni de m'en souvenir, dit-elle en s'asseyant par terre.

— Ah, que si, tu vas m'en parler ! Ça fait un moment que la tension entre vous deux est devenue insupportable, et je veux savoir ce qu'il y a. Je suis ta meilleure amie ! Dis-le-moi !

Elle respira à fond avant de débiter d'une traite :

— On l'a fait le mois dernier.

J'écarquillais les yeux, stupéfaite : je ne savais même pas qu'ils se fréquentaient ! Alors, imaginer que les choses aient déjà pu aller aussi loin entre eux...

Beth n'était pas une fille facile. En tout cas, c'était ce que je pensais.

— Vous... vous deux... que... qui... euh.

Pendant que des questions se pressaient pêle-mêle dans mon esprit, seuls des sons incompréhensibles sortaient de ma bouche.

— On était ensemble depuis quelques semaines, mais on ne voulait pas que ça se sache. Un soir, on est allés à une des fêtes organisées par ces crétins du lycée. J'ai bu quelques verres de trop, il m'a entraînée chez lui, et on l'a fait. J'ai perdu ma virginité avec le pire des idiots, qui m'a quittée le soir même ! lança-t-elle avant d'éclater en sanglots.

C'était pour cela que je détestais les fêtes : l'alcool rend les mecs fous ; ils se permettent des choses absurdes et poussent les filles éméchées à faire ce qu'elles n'auraient jamais accepté, sobres.

Je sentis monter une violente nausée.

— Non mais, quel salaud ! m'écriai-je. On se connaît depuis combien d'années, lui et moi ? Depuis tout petits. Je ne l'aurais jamais cru capable de faire un truc pareil.

— Oui, c'est un vrai salaud ! Il ne pense qu'à lui, lâcha Beth.

J'étais furieuse.

— Il me le paiera, ce con !

— Garde ton calme, Beth. Ignore ce crétin. S'il voit que tu ne réagis pas à la provocation, il te laissera tranquille, dis-je pour la consoler.

Je réussis à la calmer et à la convaincre que la seule chose à faire, c'était de se montrer indifférente devant ce merdeux.

Je passai le dernier cours à réfléchir à la manière de blesser Tyler. Je voulais qu'il regrette ce qu'il avait fait.

En regardant Dylan, qui prenait des notes comme toujours, je me demandai s'il était au courant.

Il devait le savoir, Tyler était son meilleur ami, et il s'était certainement vanté de sa nouvelle conquête. Alors, pourquoi il ne me l'avait pas dit ? Craignait-il ma réaction ?

Plein de questions se bousculaient dans ma tête. J'étais tellement absorbée dans mes pensées que je n'entendis pas la cloche sonner.

— Hé, tu en as pris des notes, aujourd'hui ! ironisa Dylan en s'arrêtant près de moi.

Je regardai ma feuille : je n'y avais écrit que « Sociologie », avec quelques gribouillis autour.

— Je suis curieux de voir ta note à la prochaine éval'... Tu répondras toujours « Sociologie » ? s'esclaffa-t-il.

Son rire était la chose la plus belle et la plus contagieuse au monde. Je ne pus m'empêcher de pouffer à mon tour.

— Non, mon vieux ! Tu es là, et tu me laisseras copier sur toi, dis-je.

— Et si, cette fois, je te disais non ?

— Eh bien, tu perdrais ta meilleure amie !

Sans attendre sa réponse, j'attrapai mon sac et sortis de la classe.

Je devais me dépêcher : l'entraînement des pom-pom allait commencer, et je ne pouvais pas être en retard, sinon Clarisse péterait les plombs.

— Oh, je peux me passer de toi ! lança Dylan dans mon dos.

Je me retournai pour lui lancer un regard furieux, ce qui le fit rire encore plus.

J'adorais plaisanter avec Dylan. C'était le seul garçon avec qui j'étais complètement moi-même, le seul avec lequel je me sentais légère, heureuse. Quand il était près de moi, toutes les difficultés de la vie se volatilisaient.

— Non, tu ne peux pas, mon vieux, répondis-je avec assurance.

— Tu as raison, c'est impossible.

Il s'approcha de moi en écartant les bras.

— Viens là, tu n'as pas encore eu ton câlin aujourd'hui.

Mon cœur se mit à battre si fort que j'avais peur qu'il ne l'entende, qu'il ne sente mon corps frissonner à son contact, qu'il ne comprenne à quel point j'étais amoureuse et combien je souhaitais qu'un vrai baiser suive cette étreinte. Un baiser pareil à ceux qu'on voit dans les films, ceux qui donnent la chair de poule et font chavirer le cœur.

Je respirai son parfum… J'aurais aimé que le temps s'arrête.

— Je n'ai pas envie d'aller m'entraîner, soupira-t-il.

— Moi non plus. Clarisse est décidément la nana la plus pénible de la terre, dis-je en faisant un pas en arrière pour le regarder dans les yeux.

Nous étions tout près l'un de l'autre. Je ne pouvais détacher le regard de ses lèvres.

— Non, pas la terre : de tout l'univers.

Il était de bonne humeur ; j'aimais le voir ainsi. J'aimais que mon meilleur ami soit heureux.

On s'écarta l'un de l'autre et on sortit de la pièce.

— À plus tard, dit-il, et il me planta un baiser sur la joue.

— À plus tard, répondis-je.

Dès que Dylan se retourna, je me précipitai vers le gymnase. J'avais déjà cinq minutes de retard, Clarisse allait m'exclure, voire m'interdire de participer au spectacle du prochain match. À dire vrai, je l'espérais un peu : je détestais me ridiculiser devant tout le lycée. Seulement, ma mère ne serait pas contente, et elle me punirait comme si j'avais commis une faute grave.

Quand j'entrai dans le gymnase, les filles commençaient l'échauffement.

— Sanders ! cria Clarisse en brandissant sa montre.

— Désolée, j'ai été retenue par le prof, mentis-je.

Je ne pouvais quand même pas lui dire : « Tu m'excuseras, j'étais en train de rigoler avec mon meilleur ami »...

— Va te changer et reviens tout de suite. Je te rappelle que le tournoi commence bientôt et qu'on va participer à tous les matchs. Je n'ai pas envie qu'on se plante à cause de toi, s'écria-t-elle.

Je filai aux vestiaires sans demander mon reste pour passer l'uniforme : tee-shirt bordeaux moulant au-dessus du nombril avec le logo de l'école, et jupe hyper courte de la même couleur. Heureusement, si on le voulait, on pouvait porter dessous un short assorti. Sur les vingt pom-pom, nous étions juste trois à le faire : Beth, moi et... Caroline. Eh oui, cette fille était étonnante. Je ne pouvais même pas l'accuser d'être une fille facile : elle était tout le contraire : discrète, jamais vulgaire, super gentille.

Quelques minutes plus tard, nous commencions l'entraînement intensif, celui que j'avais découvert en arrivant au lycée. Aux yeux de plein de filles de mon âge, j'avais réalisé le rêve de chaque adolescente américaine. Alors quand je disais vouloir arrêter de faire la pom-pom, personne ne comprenait.

Les entraînements étaient fatigants ; les acrobaties à exécuter, compliquées. Évidemment, nous étions admirées de tous, les grosses brutes nous laissaient tranquilles mais, en même temps, on nous considérait – à tort pour la plupart – comme des filles faciles. Ça avait été galère de faire comprendre aux garçons du lycée que ce n'était pas mon genre.

— Clarisse a été encore plus enragée que d'habitude, aujourd'hui, s'exclama Beth quand on entrait dans les vestiaires après l'entraînement.

— Cette fille est folle ! On n'a jamais autant travaillé en quatre ans.

Une fois changée, je fis la bise à Beth et filai voir les garçons s'entraîner sur le terrain de football extérieur.

Je faisais cela depuis que Dylan avait commencé à jouer au football, c'est-à-dire depuis qu'on était petits. Désormais, assister à la dernière partie de son entraînement, puis rentrer à la maison en sa compagnie était une tradition.

J'observai Dylan courir, marquer, se jeter à terre, soulever le bord de son maillot pour s'essuyer le visage, faire des feintes avec le ballon. Puis mon regard rencontra celui de Tyler, qui se reposait sur le banc de touche. Il buvait de l'eau à la bouteille ; à un moment, il s'en renversa sur la tête pour se rafraîchir.

Je l'aurais fait moi-même avec grand plaisir, si seulement j'avais sous la main une bassine d'eau bouillante.

L'entraîneur siffla, et les joueurs s'approchèrent de lui pour écouter l'habituel discours sur la ponctualité, ainsi que sur les drogues, l'alcool et tous les autres trucs qui pouvaient nuire à ses athlètes.

M. Roger était un excellent coach qui tenait beaucoup à ses footballeurs. Sévère mais juste, il avait conduit son équipe à la victoire et c'était bien grâce à lui que les garçons avaient remporté le tournoi de l'année précédente.

Quand son discours prit fin, j'ouvris la bouche pour appeler Dylan… Je restai comme deux ronds de flan, car quelqu'un me devança.

Une voix suave prononça le nom de mon meilleur ami, attirant son attention.

Caroline était entrée sur le terrain et s'approchait de lui.

Oh non ! À sa vue, le visage de ce crétin s'illumina, comme si une déesse s'était matérialisée devant lui. Et, bien que cela me coûte de l'admettre, Caroline était exactement ainsi : trop parfaite pour appartenir à ce monde.

La mort dans l'âme, je décidai de ne pas m'immiscer et de laisser mon meilleur ami avec la fille de ses rêves. Ils semblaient faits l'un pour l'autre…

Caroline le regardait timidement en se balançant d'un pied sur l'autre. Dylan n'arrêtait pas de rire et de se passer la main dans les cheveux, signe d'une grande anxiété.

Je louchais sur eux de loin : ils faisaient penser à un de ces couples des films romantiques, ceux qui s'embrassent sous la pluie dans la dernière scène et dont les disputes se terminent toujours par un baiser.

— Oh, visez-moi un peu qui est là ! La petite Sanders qui tombe dans les bras des inconnus et qui est devenue experte en cocktails, lança Tyler, qui se dirigeait vers moi.

Je ne saurais expliquer la colère que je sentis monter en moi. Je repensai à la façon dont ce salaud avait traité Beth, et mon sang ne fit qu'un tour : je me jetai sur lui et le giflai.

Il porta la main à sa joue.

— Mais… qu'est-ce qui te prend, merde ?

— Tu crois que tu peux te permettre d'humilier Beth ? Tu la connais depuis toujours ; vous êtes amis depuis que vous étiez gosses !

— T'es folle ! Aïe, fit-il en se frottant la joue.

— Tu l'as mérité.

— Ho, on se calme, d'accord ? Il n'y a jamais rien eu de sérieux avec Beth. On s'est juste payé du bon temps, dit-il d'un ton léger, comme si Beth n'était qu'une fille de plus parmi celles qu'il avait mises dans son lit.

— Hé, je t'interdis de parler de Beth comme ça ! T'es un salaud, tu l'as utilisée, alors qu'elle croyait que tu étais sincère.

— Je me fous de ce qu'elle s'était imaginé. Et de toute façon, tu n'as pas à t'en mêler. Ça nous regarde, Beth et moi, lança-t-il d'un ton presque menaçant.

Alors là, il n'avait rien compris ! Lorsque Beth était en cause, j'étais impliquée moi aussi.

— Tyler, je te préviens : si tu lâches une autre petite remarque sur votre passé et si tu t'approches d'elle, je te jure que j'envoie à tout le monde la photo de toi à poil que j'ai prise quand tu avais seize ans.

— Tu ne peux rien contre moi. Essaie donc de la faire circuler, et tu verras ce qui t'arrivera. Je suis au courant d'un truc qui te concerne, et je suis sûr que tu n'aimerais pas qu'une personne en particulier l'apprenne, dit-il avec un sourire méchant. Sauf si tu veux perdre Dylan bien sûr... Je sais parfaitement ce que tu éprouves pour lui, et il se pourrait que notre cercle se brise à cause de ton petit secret.

J'aurais dû me douter qu'il utiliserait ça contre moi. J'aurais dû également prévoir que Beth, une fois ivre, était prête à raconter n'importe quoi à n'importe qui.

— Réfléchis bien, Lucy, lâcha Tyler en partant.

Une fois seule, je tournai les yeux vers Dylan, qui était toujours en train de parler à Caroline.

Je ne pouvais pas perdre son amitié. C'était la seule chose qui comptait.

7

Dylan m'aurait-il vraiment fait une chose aussi cruelle ?

Les journées qui suivirent mon accrochage avec Tyler s'écoulèrent sans incident grave.

Je n'avais jamais eu peur de lui, persuadée qu'il jouait les gros durs uniquement pour cacher sa fragilité. Or, là, je constatais que je m'étais trompée. Ce mec était bien ce qu'il avait l'air d'être : un gros con et un salaud.

Un jour où nous nous tenions, Beth et moi, devant le distributeur de boissons, je me brûlai la langue avec mon thé.

Pendant que je sautillais sur place en gémissant de douleur, je vis Dylan et Tyler se diriger vers nous.

Génial ! Il ne manquait plus que ça…

— Bonjour, princesse, ricana Tyler en adressant un clin d'œil à Beth.

Elle s'agita, l'air mal à l'aise, comme s'il avait révélé quelque chose de gênant. Il ricana de nouveau.

Je me retins de lui flanquer une autre gifle ou de prendre mon portable et d'envoyer à tout le monde cette photo embarrassante, uniquement pour ne pas mettre en danger mon amitié avec Dylan. Cette situation était horrible.

— Lucy, tout va bien ? me demanda Dylan.

— Elle s'est brûlé la langue. Une fois de plus..., commenta Beth.

— Tu n'apprendras jamais, hein ? fit-il, amusé.

Il sortit une petite boîte de son sac.

— Tiens, ça soulagera la douleur.

C'étaient des gommes à mâcher au menthol, et, même si je n'y croyais pas trop, j'en pris une.

Comme la cloche venait de sonner, je me dirigeai vers notre classe, imitée par Dylan. Beth, elle, resta clouée sur place.

— Beth, tu ne viens pas ? l'appelai-je.

Elle regarda Tyler, puis me dit :

— Non, je te rejoins plus tard. Je dois dire un truc important à Tyler.

Un peu inquiète, je suivis Dylan, qui était étrangement silencieux. D'habitude, à cette heure de la matinée, il n'arrêtait pas de parler.

— Ça ne va pas ? demandai-je.

— Si, pourquoi ?

— C'est que, pour une fois, tu ne racontes pas de bêtises, dis-je, ce qui lui arracha un sourire.

J'adorais le faire sourire. Savoir qu'il était de bonne humeur grâce à moi faisait de moi la personne la plus heureuse au monde.

— J'étais en train de penser à Tyler et Beth. Tu sais s'il y a quelque chose entre eux ? Dernièrement, ils sont super bizarres, tous les deux.

Était-il possible qu'il ne soit pas au courant de ce qui s'était passé, ni du fait que Tyler était un salaud ?

Dans le doute, je décidai de parler.

— Oui, il y a eu quelque chose il y a un moment...

— Ça, je le sais. Mais est-ce qu'ils se sont réconciliés ? Beth était furieuse !

Ainsi, Dylan était au courant de tout ! Comment pouvait-il en parler avec cette légèreté ? Cela m'exaspérait.

Je n'arrivais pas à croire que j'avais été la dernière à apprendre la vérité. Je pris la défense de ma meilleure amie :

— Évidemment qu'elle est fâchée ! Ils sortaient ensemble, et Tyler l'a laissée tomber après cette nuit-là.

— Et alors ? Ils se sont amusés tous les deux, répondit-il avec indifférence.

Je respirai plusieurs fois à fond pour me calmer.

— Moi, je trouve ça lamentable ! Il a profité d'elle, et l'a jetée le lendemain.

— Ce sont des choses qui arrivent. Tu ne crois pas que Beth est assez grande pour faire ses propres choix ? Elle était consciente de ce qui allait se passer, et elle a continué sans se poser de questions. Dans le fond, ils n'avaient même pas de véritable relation ! C'est comme si, toi et moi, on décidait de coucher ensemble et qu'ensuite, on faisait comme si de rien n'était, ajouta-t-il.

Je me figeai : Dylan m'aurait-il vraiment fait une chose aussi cruelle ? Se serait-il comporté comme Tyler ?

Je le lui aurais demandé s'il n'avait pas soudain changé de sujet :

— Il y a des bruits qui courent comme quoi le nouveau et toi, vous vous entendez super bien.

J'en restai bouche bée. Le Californien et moi ?

N'importe quoi ! Nous nous étions à peine parlé.

— C'est complètement faux ! Je lui ai juste expliqué où se trouvaient les salles de classe.

Un instant, je caressai l'idée folle que Dylan m'avait vue avec Daniel, et qu'il en avait éprouvé de la jalousie. Puis je me dis que je me faisais sans doute du cinéma.

— Pas selon Beth. Elle n'arrête pas de dire que, depuis qu'elle te l'a présenté à la fête, vous êtes devenus inséparables, ricana-t-il.

Mais bien sûr ! Qui d'autre aurait pu raconter une bêtise pareille ! J'aurais dû deviner qu'elle n'abandonnerait pas après avoir inventé le mystérieux inconnu, et qu'elle continuerait de jeter cette histoire à la figure de Dylan pour le faire réagir.

Or ça n'arriverait jamais, parce qu'il me voyait seulement comme une amie, sa meilleure amie.

Son cœur appartenait à Caroline, alors que le mien était à lui…

Sacrées embrouilles, ou plutôt sacré désastre !

— Disons que… on s'entend bien, jetai-je pour clore la conversation.

Par chance, nous étions déjà devant la porte de la classe. Je m'installai à ma place habituelle, suffisamment près de Dylan pour qu'il puisse m'aider avec les devoirs de maths.

— Je peux te demander un service ? dit-il soudain.

Je serrai les mâchoires : je savais ce qu'il allait me demander.

— J'ai besoin de savoir ce que Caroline pense de moi, poursuivit-il. Hier après-midi, on est sortis ensemble, et sérieux, c'était la meilleure journée de ma vie. Mais est-ce qu'elle a pensé la même chose ? Elle avait l'air mal à l'aise…

Je croisai les doigts et souhaitai de toutes mes forces que Caroline se soit ennuyée à mourir avec Dylan, découvrant qu'il n'est pas son type. Et en même temps, j'espérai, pour le bonheur de mon ami, qu'elle ait apprécié sa compagnie.

La deuxième option était hélas la plus probable…

Dylan était différent avec les autres filles : brillant et charmeur, il s'amusait à les taquiner, à flirter.

— Je vais essayer, dis-je au moment où le professeur entrait dans la classe.

Comme toujours, je ne réussis pas à capter un seul mot de ses explications. Chaque fois que Sullivan écrivait ou disait quelque chose, c'était comme s'il parlait une langue inconnue.

— Sanders, voulez-vous venir au tableau pour développer cet exercice ? demanda-t-il soudain, interrompant mes pensées.

Je m'exécutai à contrecœur. Je pris la craie et regardai fixement les chiffres sans savoir quoi faire.

J'étais incapable de résoudre ce truc ; et faire semblant de réfléchir était la seule chose qui me venait à l'esprit.

— Sanders ? fit le prof. Alors ?

Je restai muette.

La tête vide, je sentais les regards de mes camarades fixés sur moi. Les regards de tous, sauf celui de Dylan…

Du coin de l'œil, je le vis concentré sur son cahier, ou plutôt sur son portable dissimulé derrière.

— Mademoiselle Sanders, j'ai expliqué cette formule il y a cinq secondes ! C'est exactement le même exercice. Apparemment, vous n'avez pas daigné suivre. Vous resterez donc une heure supplémentaire après les cours pour rattraper le programme, lança-t-il, en colère.

Je n'arrivais pas à y croire ! En quatre années de lycée, je n'avais jamais eu de problèmes avec les enseignants, jamais de rappel ni de punition.

— Vous pouvez retourner à votre place, conclut le professeur juste avant la sonnerie.

Super ! Cette journée ne pouvait pas être pire.

Après les cours, je me dirigeai vers la salle d'étude surveillée.

Je respirai à fond et poussai la porte.

Je ne fus pas étonnée d'y retrouver les élèves qui avaient échoué plusieurs fois au même cours, mais je restai bouche bée quand je vis, dans le fond de la classe, Daniel. Comment s'était-il débrouillé pour se fourrer dans le pétrin à peine une semaine après son arrivée ?

Il leva les yeux et me sourit. Je n'avais aucune envie de m'asseoir près de Spike et de son groupe de copains avec un pois chiche à la place du cerveau, je m'installai donc à côté de lui.

— Toi ici ? plaisanta-t-il. J'aurais juré que tu n'étais pas de ces filles qui s'attirent les ennuis.

— Que veux-tu, j'aime surprendre les gens ! répliquai-je en sortant un cahier de mon sac.

— Pourquoi ils t'ont collée ? voulut-il savoir.

— J'ai un petit problème avec le prof de maths. Il me déteste. Et toi ?

— J'ai été pris en train de tricher pendant une éval'. Je n'ai pas encore rattrapé tout le programme.

Il haussa les épaules.

— Ce n'est pas grave, j'y arriverai tôt ou tard.

J'aurais aimé avoir son assurance…

Après nous avoir donné des exercices, le prof s'endormit, nous laissant une heure entière de liberté.

Je bavardai avec Daniel sur sa vie en Californie et ce qui avait amené sa famille à emménager dans une ville perdue comme Cannon Beach. Cela fit passer le temps plus vite que prévu.

— Mes parents sont des personnes très en vue ; ils ne pouvaient pas laisser un fils rebelle gâcher leur réputation. C'est pourquoi ils ont décidé de m'envoyer ici, m'expliqua-t-il après la colle alors qu'on se promenait tranquillement en piétinant les feuilles mortes.

Je me dis une fois de plus à quel point j'avais de la chance d'avoir une mère qui m'aimait telle que j'étais, malgré mes imperfections et mes erreurs.

— Je suis désolée…

— Oh, tu sais, j'ai l'habitude… Parle-moi plutôt de toi.

— Je n'ai pas grand-chose à dire… J'ai une vie monotone, ennuyeuse, je déteste cette ville, et je déteste le lycée.

Et j'aurais dû ajouter à la liste l'infortune d'être tombée amoureuse de mon meilleur ami : la goutte d'eau qui faisait déborder le vase.

— Ah ! Je te connais bien, maintenant, c'est sûr ! ironisa-t-il.

— Tu vois ? Il suffit de peu de chose pour me connaître.

Il me demanda :

— Tu vas à la prochaine fête de Clarisse ?

Je pouffai.

— Voilà une autre chose que tu dois savoir sur moi : je déteste les fêtes.

— Si, viens ! Je serai là, on va bien s'amuser tous les deux.

— *Tous les deux* ? répétai-je, surprise.

De toute ma vie, il ne m'était jamais arrivé d'être invitée à une fête par un garçon.

— Oui. Je te donnerai des tuyaux sur ce qu'il faut boire, et tu ne recracheras pas tout comme la dernière fois.

Il se mit à rire, et j'en fis autant, en me rappelant cette soirée hyper nulle.

Dans le fond, l'idée n'était pas mauvaise… Cela me donnerait l'occasion de mieux le connaître. Et puis, à dire vrai, ce serait trop drôle de voir la tête de Dylan quand je viendrais avec Daniel.

Oui, l'idée était tentante.

— D'accord, mais seulement si tu me promets que ce sera marrant, lui dis-je.

— Promis.

8

Je sentais que quelque chose avait changé en moi…

Notre conversation fut interrompue par une averse, chose très fréquente à Cannon Beach.

Quelques gouttes tombèrent sur nos sweats. Le temps d'échanger un regard, et la petite pluie s'était transformée en déluge. Daniel enleva sa veste, la tint au-dessus de nos têtes et on courut s'abriter sous un porche, pliés de rire.

Le froid me transperçait ; je frissonnais.

— Je déteste le climat de Cannon Beach ! lâchai-je.

Je posai mon sac à dos par terre, puis je m'assis dessus pour reprendre mon souffle après la course.

Daniel s'installa à même le sol à côté de moi.

— Je suis ici depuis peu, mais là-dessus, je te donne raison. J'espère que ce n'est pas comme ça toute l'année.

— Mmm… à ta place, je n'espérerais pas trop.

Je n'aimais qu'une chose de la pluie : le bruit qu'elle faisait en tombant sur l'asphalte. C'était un son agréable, relaxant.

— J'aime la pluie, dit tout à coup Daniel.

Je me tournai vers lui, terrorisée à l'idée qu'il puisse lire dans mes pensées.

Il gardait son regard mélancolique fixé sur la rue devant nous.

— À Los Angeles, on ne la voyait pas souvent. Quand cela arrivait, j'aimais la sentir sur ma peau.

— Alors, tu es au bon endroit ! Tu pourras profiter de la pluie presque tous les jours, dis-je, ce qui le fit rire.

Il avait ce que j'appelle un rire « à fossettes ».

— Quelque chose me fait penser que tu n'aimes pas beaucoup cette ville.

En réalité, je ne détestais pas vraiment Cannon Beach, car j'y avais passé de magnifiques moments en compagnie de mes meilleurs amis, et surtout parce qu'il y avait Dylan.

— Disons que moi, à ta place, je serais restée à Los Angeles.

— On est beaucoup mieux ici, crois-moi. Il n'y a pas d'embouteillages, les gens sont plus calmes, et le froid, c'est bon pour la santé. Ce n'est pas aussi moche que ça en a l'air. Il suffit de le regarder avec des yeux différents.

Il se leva et me tendit la main pour m'aider à me mettre debout.

— C'est exactement comme la pluie. Elle a ses bons et ses mauvais côtés. C'est plus marrant de ne retenir que les bons.

Je le regardai, intriguée.

Je ne compris pas ce qui lui passait par la tête, jusqu'à ce qu'il m'entraîne avec lui sous le déluge.

— Tu es dingue ! criai-je pour me faire entendre par-dessus le vacarme de l'eau.

Je le vis fermer les yeux et pencher la tête en arrière, offrant son visage à la pluie… Je souris malgré moi.

Je serrai les paupières et je fis comme lui. C'était très agréable.

— Alors, ce n'est pas si nul, hein ? lança Daniel.

Je posai l'index sur mes lèvres pour qu'il se taise.

Je n'avais jamais rien fait de pareil, et bien que la pluie soit glaciale, je sentis que mon corps commençait à se relaxer… C'était un moment parfait.

Soudain, je reçus un paquet d'eau dans les jambes.

— Daniel ! m'écriai-je en faisant un bond en arrière.

Tel un gamin, il était en train de sauter dans les flaques, essayant de m'éclabousser.

Il ignora mon regard menaçant et continua de rire et de sauter comme s'il avait cinq ans.

Tout à coup, je redevins une gamine moi aussi et je l'imitai : s'il voulait la guerre, il allait l'avoir ! Je n'étais pas du genre à me dérober !

Pendant un long moment, on se poursuivit sous la pluie battante comme des petits fous, pliés de rire. Il finit par se calmer et m'entraîna sous le porche.

— Tu viens avec moi à la plage demain ? demanda-t-il sans transition.

— À la plage ? Par ce temps ? m'esclaffai-je.

— Et alors ? Tu ne peux pas savoir comme la mer est belle après une pluie comme celle-là !

— D'accord, mais seulement si tu m'offres un café.

— Je croyais avoir l'honneur d'une visite guidée gratuite…

— Rien n'est gratuit dans la vie, tu devrais le savoir.

Je ramassai mon sac et le remis sur mon dos.

— À demain, alors.

Je fis le trajet avec le sourire aux lèvres en repensant au bel après-midi qui venait de s'écouler. J'imaginais comment ça se serait passé si Dylan avait été à la place de Daniel… Eh bien, j'aurais vécu un moment magique et inoubliable. Cela dit, j'avais passé un bon moment malgré tout. Je sentais que quelque chose avait changé en moi.

En arrivant devant chez moi, je fus surprise de voir les voitures de Dylan et de Beth garées devant la grille.

Tout à coup, je me rappelai que la veille on s'était mis d'accord pour voir un film ensemble.

J'étais super gênée : la balade avec Daniel m'avait tellement absorbée que j'en avais complètement oublié mes amis. Et quand je vis les dix appels manqués de Dylan, mon cœur manqua un coup.

Je montai l'escalier quatre à quatre et je fus soulagée de les voir sur le canapé du salon, penchés sur la PlayStation de mon frère.

— Qu'est-ce qui t'est arrivé ? Tu dégoulines ! s'écria Beth.

Dylan me fixait, l'air étonné : je devais avoir une drôle d'allure.

— Où étais-tu passée ? me demanda-t-il.

— J'ai traîné un peu sous la pluie… Alors, on regarde quel film ? dis-je en essayant de détourner la conversation.

— Un peu ? Tu rigoles ! Tu es en retard d'une heure ! T'étais où ? Avec qui ? insista Beth.

Mon regard « change-de-sujet-parce-que-Dylan-ne-doit-pas-le-savoir » ne fonctionnait pas. Il faudrait que je lui fasse la leçon…

Mes coups de coude n'eurent pas plus d'effet. Beth secoua la tête et murmura :

— Je ne comprends pas !

— Y a rien à comprendre ! J'ai rencontré un ami dans la rue, et on a bavardé un peu, dis-je à voix basse pour que Dylan ne m'entende pas.

J'avais oublié que ce dernier avait l'ouïe très fine.

— Un ami ? Qui ça ? Il doit être super sympa pour que tu sois restée si longtemps avec lui, commenta-t-il.

— Daniel, le nouveau, me contentai-je de dire.

Cette réponse provoqua le silence de Dylan. Beth, elle, avait l'air ravie.

— Eh ben…, lâcha-t-elle.

— Nous sommes juste amis, précisai-je.

J'étais amoureuse de Dylan depuis toujours ; il m'était impossible de m'imaginer avec un autre garçon.

— Tyler vient de m'envoyer un message, il arrive. Caroline aussi, annonça Dylan.

Quoi ? Je n'arrivais pas à croire que cette fille allait passer la soirée avec nous.

J'étais terriblement contrariée. Comment Dylan avait-il pu se permettre de l'inviter sans me demander mon avis ?

On était censés passer une soirée entre nous et, par « nous », j'entendais Beth, Dylan, Tyler et moi.

Je ne pus rien dire parce que quelqu'un sonna à la porte. Je serrai les poings : Dylan allait me le payer !

C'étaient bien Caroline et Tyler. La belle brune sourit, ce qui ne fit qu'aviver ma jalousie. C'était douloureux qu'elle soit parfaite, alors que moi, j'étais si... quelconque.

— J'ai apporté quelque chose à manger, dit-elle en me tendant un sachet en papier.

Tous deux entrèrent sans rien ajouter et se dirigèrent droit vers la cuisine.

Je restai immobile quelques secondes pour me calmer avant de les rejoindre tous.

Caroline se tenait déjà près de mon meilleur ami et fixait ses lèvres d'un regard si intense... Elle semblait sur le point de lui sauter dessus.

C'est alors qu'une idée me vint à l'esprit, et je me mis à chercher un numéro parmi mes contacts.

Heureusement, il répondit aussitôt et je me lançai, déterminée :

— Daniel ! Ça te dirait de passer chez moi pour regarder un film ?

9

« Tu ne pourras pas faire marche arrière. »

Daniel ne mit pas longtemps à arriver. J'aurais dû le prendre en photo pour immortaliser son air stupéfait quand il ouvrit la porte.

Je me doutais bien que mon invitation l'avait pris de court, mais je ne me serais jamais attendue à son expression bouleversée.

— Ça, pour une surprise ! s'exclama-t-il.

Ses cheveux étaient trempés, ses yeux verts brillants fixés sur moi. Je m'en voulais de l'avoir fait courir à toute vitesse juste pour rendre Dylan jaloux.

— Entre… il fait froid dehors, me contentai-je de dire.

— J'entends des rires. Tes amis sont là ?

— Oui. J'ai pensé que c'était l'occasion pour que tu t'intègres, dis-je pour me sentir moins coupable.

À en juger par son regard, il ne croyait pas le moins du monde à mon excuse, mais pour me faire plaisir il faisait comme si de rien n'était.

Je rougis, terriblement embarrassée.

Beth se précipita vers lui.

— Salut Daniel ! Contente de te voir, s'exclama-t-elle avec un large sourire, son regard malicieux allant de lui à moi.

J'entendis les pas de Dylan dans le salon. Mon cœur s'emballa : je voulais le rendre jaloux ? Eh bien c'était le moment. Oui… mais comment ? Je ne savais pas quoi faire.

— Qui est-ce ? lâcha Dylan, surpris.

— C'est Daniel, le nouvel ami de Lucy, commenta Beth, ravie.

J'étais contente qu'elle réponde à ma place parce que, très mal à l'aise, je n'arrivais pas à dire un seul mot.

— Ah oui, fit Dylan en dévisageant Daniel, puis moi.

Je rougis encore sous son regard inquisiteur.

Je détestais me sentir vulnérable. Bizarrement, cela n'arrivait qu'avec lui.

— Daniel, je te présente Dylan.

Un silence gênant tomba sur la pièce.

— Lucy, je crois que Daniel a besoin d'une boisson chaude, finit par intervenir Beth. On vous attend dans le salon.

Elle me fit un clin d'œil et entraîna Dylan, qui marmonnait quelque chose dans sa barbe.

Je précédai Daniel dans la cuisine. Il continuait de me regarder, l'air troublé, sans rien dire. Pourtant, même si je ne le connaissais pas depuis longtemps, j'étais sûre que c'était un mec ouvert et sûr de lui, de ceux qui n'hésitent pas à demander des explications.

— Il reste du chocolat chaud, dis-je. Tu en veux un peu ?

— Oui. Il fait très froid dehors. Je regrette presque la chaleur de Los Angeles !

— Je t'avais bien dit que le climat de Cannon Beach est horrible.

Je lui tendis une tasse de chocolat et m'assis près de lui avec la mienne.

De la cuisine, j'entendais les autres bavarder et plaisanter dans le salon, mais je n'étais pas pressée de les rejoindre. J'étais beaucoup mieux à la cuisine avec Daniel. Je n'avais aucune envie de me retrouver devant Dylan et sa Caroline *adorée*.

— Ils sont sympas, tes amis. Surtout ce Dylan… très accueillant, ironisa Daniel.

Je lui jetai un regard agacé : chaque fois que quelqu'un faisait une remarque désagréable sur Dylan, mon instinct de protection se réveillait. Mais, étant donné les circonstances, j'essayai de garder mon calme. Après tout, Daniel était nouveau, ici, il se basait sur une première impression, très superficielle.

— Dylan est super gentil, affirmai-je. Ne le juge pas trop vite. Il était juste surpris de te voir.

— Il est un peu bizarre. Il m'a lancé un de ces regards… Mais ce n'est pas grave, tu as peut-être raison, commenta-t-il en buvant son chocolat.

— Je suis sûre que j'ai raison, fis-je, catégorique.

— OK. Alors, c'est vrai ce qu'on dit : « Ne jamais dénigrer le garçon qui lui plaît devant une fille. »

Je sentis l'air me manquer.

Il venait d'arriver, et il savait déjà ce que j'éprouvais pour Dylan ! Était-ce aussi évident ? Et si c'était le cas, pourquoi tout le monde s'en était rendu compte sauf Dylan ?

— Qu'est-ce… qu'est-ce que tu as dit ? balbutiai-je.

— Je ne suis pas un gamin, Lucy. Je comprends parfaitement quand une fille s'intéresse à un mec et, toi, tu es carrément amoureuse de lui.

Aucune réponse ne me vint à l'esprit. Je me contentai de prendre ma tasse et de la porter à mes lèvres pour siroter mon chocolat.

— Pourquoi tu ne le lui dis pas ? poursuivit-il.

— C'est mon meilleur ami. Je ne mettrai pas notre amitié en danger en avouant un sentiment qui n'est pas partagé.

J'aurais pu faire n'importe quoi, Dylan ne me regarderait jamais comme il regardait Caroline.

— Pourquoi ne pas te lancer ? Tu devrais avoir un peu plus de courage.

— Je n'y arrive pas. À la seule pensée de le perdre, je me sens trop mal.

J'avais peur de réduire à néant toutes les années passées ensemble, nos aventures, nos disputes et nos bons moments. Je voulais juste rester à ses côtés.

Daniel se tut quelques minutes avant de dire :

— Alors, moi, je suis là pour… le rendre jaloux ?

Apparemment, il était plus vif que je n'avais cru…

— Qu'est-ce que tu vas chercher ? Je veux juste être ton amie… c'est si bizarre que ça ?

Je me levai pour poser ma tasse dans l'évier.

— C'est ça ! J'ai vu comment tu le regardais, et comment ta copine était contente d'assister à cette scène. Mon rôle me semble évident : je suis là pour le rendre jaloux.

— Je ne voulais pas t'utiliser, répondis-je pour essayer de me rattraper. Je... voulais vraiment qu'on soit amis.

— Ne te fatigue pas à chercher des excuses. Je sais à quoi m'en tenir.

Il se leva pour venir vers moi.

Je sentis l'air me manquer ; son sourire ne laissait rien présager de bon.

Il me tendit la main, me regarda dans les yeux et déclara :

— Ça pourrait être marrant. Je suis partant.

Je n'arrivais pas à le croire. Venait-il de me dire qu'il était prêt à jouer le jeu pour m'aider à rendre mon meilleur ami jaloux ?

Mes yeux dans ses yeux verts, je lui dis :

— Marché conclu. Mais attention, tu ne pourras pas faire marche arrière.

Il acquiesça et je lui serrai la main pour sceller notre pacte qui me permettrait de savoir si ce que Dylan éprouvait pour moi était de la simple amitié ou quelque chose de plus, comme le croyait Beth.

Notre échange fut interrompu par l'arrivée de Dylan, qui s'arrêta sur le seuil les yeux fixés sur nos mains ; gênée, je retirai la mienne.

— Le film va commencer, marmonna-t-il, l'air contrarié. Si vous ne voulez pas rater le début, il faut vous dépêcher.

— On arrive ! répondit Daniel.

Il me sourit et me fit un clin d'œil.

J'aurais dû être heureuse parce que, une fois de plus, Dylan avait tiqué en me voyant avec Daniel. Alors, pourquoi je me sentais mal ?

— Enfin ! On allait commencer sans vous, et vous l'auriez mérité ! plaisanta Beth.

Je m'assis sur le tapis entre Daniel et Beth, tandis que Tyler, Dylan et Caroline s'installaient sur le canapé.

La jalousie rongeait chaque cellule de mon corps. D'habitude, c'est moi qui me mettais à côté de Dylan, mais Caroline m'avait devancée.

« Sois patiente ! La vengeance est un plat qui se mange froid… », me dis-je en mon for intérieur.

Je respirai à fond et me rapprochai de Daniel, qui suivait le film avec attention.

À la première scène d'horreur, Caroline hurla. Je me retournai, et je vis son bras sur la taille de Dylan, le visage appuyé contre son torse. Dylan n'avait pas l'air embêté, au contraire. Le bras autour de ses épaules, il la tenait serrée contre son corps, comme pour la protéger.

Je me sentis mal. Terriblement mal. Mais je réussis à garder mon calme et à feindre l'indifférence.

Daniel posa la main sur la mienne et me fit un petit sourire pour me consoler.

J'étais heureuse d'avoir un ami comme lui, même si savoir qu'il était prêt à m'aider en faisant semblant de me draguer me mettait un peu mal à l'aise. Il n'avait rien demandé en échange…

Je passai la soirée à lui tenir la main et à poser ma tête sur son épaule à chaque scène effrayante.

Je fus soulagée quand le film se termina et que Caroline s'écarta enfin de Dylan en s'excusant pour son comportement, avec un prétexte bidon :

— Désolée, je n'aime pas les films d'horreur. Ils me font trop peur.

Quand Tyler, Beth et Caroline furent partis, je me retrouvai seule avec Dylan et Daniel.

— La fin était géniale ! dit Daniel en s'adressant à Dylan. Je crois que je vais revoir ce film, ça vaut vraiment le coup.

Il se leva et déclara :

— Bon, il faut que j'y aille. Bonne nuit.

Il jeta un coup d'œil à Dylan et se pencha pour déposer un baiser sur ma joue.

Affreusement gênée, je réussis à balbutier :

— À... à toi aussi.

— Eh ben... On dirait qu'il te plaît vraiment, commenta Dylan une fois seul avec moi.

— Il voulait juste être sympa, répondis-je après avoir repris mes esprits.

— Ouais, il l'a montré pendant toute la soirée. Main dans la main pendant le film, puis ce baiser. Mmm... tu ne crois pas qu'il va un peu trop vite ? Tu le connais depuis une semaine ! répliqua-t-il, l'air contrarié.

J'aurais aimé lui signaler qu'il faisait de même avec Caroline, qu'il ne fréquentait que depuis une semaine également – mais je décidai de ne rien dire pour ne pas le vexer.

— Je ne vois pas pourquoi ça te dérange qu'un garçon soit gentil avec moi. J'avais peur ! Comment tu peux regarder des films d'horreur et ne pas être effrayé ?

— Simplement parce que moi je ne m'appelle pas Lucy Sanders, la grosse trouillarde.

Il éclata de rire et je ne pus m'empêcher de me joindre à lui.

— La prochaine fois, on regardera une comédie romantique. Comme ça, je suis sûre que je pourrai dormir la nuit, dis-je.

— Si tu as peur, tu peux toujours compter sur ton meilleur ami, qui te protège des ténèbres. Il suffit de m'appeler, et j'accours à la rescousse.

Je le regardais rire de nouveau, et des souvenirs de nos cinq ans me revinrent en mémoire.

Dylan avait toujours eu une passion pour les films d'horreur ; on en regardait souvent en compagnie de Beth et de Tyler pendant nos soirées pyjamas. Évidemment, ensuite je ne fermais pas l'œil de la nuit. Lui le savait, et il se glissait sous les couvertures avec moi pour me tenir la main et me rassurer.

Il me serra dans ses bras, puis déposa un baiser sur mon front. Avant de sortir, il lança :

— Dors bien et n'oublie pas de fermer les portes !

10

« Je crois que je plais beaucoup à Caroline. »

Les journées défilaient à une vitesse folle.

Je crois que cela caractérise les dernières années de lycée : ça passe trop vite, on a tant de choses à faire, à étudier, et pas assez de temps avec les amis pour emmagasiner les souvenirs et rendre chaque instant inoubliable.

Ce matin-là, j'avais un peu le blues en pensant à la fin de l'année, à ce qui arriverait entre Dylan et moi. Je me demandais sans cesse si je trouverais un jour le courage de lui dire : « Je suis amoureuse de toi. »

Je claquai la porte de mon casier de toutes mes forces, comme si ce geste pouvait me faire oublier ce qui se bousculait dans ma tête.

— Bonjour à toi aussi, entendis-je dire derrière moi.

Je sursautai : s'il y avait bien une chose que je trouvais insupportable, c'était que les gens me surprennent en parlant dans mon dos.

— Daniel !...

Je me sentis mal à l'aise en repensant au pacte que nous avions conclu pour rendre mon meilleur ami jaloux.

Daniel sourit :

— J'ai vu Dylan venir par ici, et j'ai trouvé que c'était le moment idéal pour passer te dire bonjour.

— D'accord, on a un pacte, mais ça ne veut pas dire que tu dois me coller chaque fois que Dylan s'approche de moi, lançai-je en me dirigeant vers la salle où avait lieu le premier cours.

J'espérais qu'il me lâcherait... Non, il m'emboîta le pas.

— Et si tu me faisais confiance ?

Au ton de sa voix, je compris qu'il était contrarié. Il m'attrapa le bras et je dus m'arrêter et me retourner.

— Je comprends que pour toi ce ne soit pas facile de rester loin de lui, continua-t-il en me fixant de ses yeux verts. J'essaie de t'aider.

On aurait dit qu'il cherchait dans mon regard une hésitation, l'ombre d'une incertitude.

— Mais si tu veux, on peut laisser tomber. C'est à toi de voir, conclut-il.

Sur ce, il s'en alla, me plantant au milieu du couloir.

Je ne pouvais laisser partir le seul garçon disposé à m'aider dans une situation aussi désespérée que la mienne.

— Attends... Daniel !

Je le rattrapai et je me plaçai devant lui pour l'empêcher de partir.

— Je suis désolée, je ne voulais pas te vexer. Ce n'est pas mon jour...

J'avais honte : ce n'était pas la première fois que j'étais désagréable avec lui. Pourtant, Daniel était l'une des rares personnes qui semblaient intéressées par ce que je disais. Il m'écoutait toujours avec attention raconter mes histoires, les yeux fixés sur mes lèvres. J'aimais parler avec lui ; mon instinct me disait que je pouvais lui faire confiance.

— Ne t'en fais pas, cela arrive, dit-il.

Il jeta un coup d'œil derrière moi avant de se pencher lentement pour déposer un baiser sur mon front. Je le regardai, troublée.

— On se voit demain. Je te rappelle que tu me dois un après-midi à la plage, lança-t-il.

Puis il me fit un clin d'œil et partit.

Je compris son manège en me retournant et en voyant Dylan, qui le suivait du regard.

— Vous devenez de plus en plus intimes, commenta mon meilleur ami, l'air mal à l'aise.

« Ignore-le. Fais comme si ce qu'il vient de dire n'avait aucune importance pour toi », me dis-je. Et c'est exactement ce que je fis : je haussai les épaules et me dirigeai vers la salle d'histoire.

— Je continue à le trouver bizarre, ce mec, insista Dylan en m'emboîtant le pas.

Génial ! Il était contrarié.

— Ah bon ? Moi, je le trouve sympa, dis-je d'un air nonchalant. C'est un super copain.

— Un copain qui attend bien autre chose de toi…, marmonna-t-il tandis qu'on entrait dans la salle et qu'on s'installait à nos places. Préviens-le que je l'aurai à l'œil ! Personne ne peut jouer avec ma meilleure amie.

« Meilleure amie… meilleure amie… » On aurait dit qu'il prenait plaisir à prononcer ces deux mots chaque fois qu'on était ensemble, comme un rappel.

Une fois de plus, je me demandai si je me trompais sur ses sentiments à mon égard. N'étais-je vraiment qu'une bonne amie pour lui, ou plutôt sa *meilleure* amie, rien de plus ? Je ne savais pas à quoi m'en tenir, et plus je m'interrogeais, plus je m'embrouillais les idées.

Le cours commença. Après une bonne demi-heure d'explications, le prof nous demanda de nous mettre par deux pour les travaux de groupe.

Moi, évidemment, j'étais avec Dylan. Je l'avais choisi non seulement parce que c'était mon meilleur ami, mais aussi parce que nous formions une équipe gagnante : nous savions nous partager les tâches, et nous obtenions toujours la meilleure note.

Je m'installai à côté de lui, mais j'avais beau essayer, je n'arrivais pas à me concentrer.

— Lucy, tu m'écoutes ? lâcha Dylan tout à coup, me ramenant à la réalité.

— Euh… oui. Qu'est-ce que tu disais ?

Dylan soupira, excédé : il ne supportait pas d'avoir à répéter les choses.

— Je comprends que penser à ton *petit copain* soit bien plus intéressant, mais là, tu es avec moi, et je suis en train de te dire quelque chose d'important, siffla-t-il en tournant les pages du livre d'histoire.

Je l'aurais bien giflé pour ce ton antipathique. « Ce "petit copain" reste à mes côtés et me donne un coup de main, ce que tu ne fais pas, toi, crétin ! » aurais-je voulu lui hurler.

Je fis exactement comme lui, c'est-à-dire que je feuilletai le livre à la recherche de notre sujet, puis j'en lus les premières lignes : « Au début de la Première Guerre mondiale, le président Wilson avait proclamé la neutralité totale des États-Unis. »

Je notai le début sur une feuille, mais je m'arrêtai quand j'entendis Dylan dire :

— Je crois que je plais beaucoup à Caroline.

Le crayon me tomba des mains et une quinte de toux me coupa le souffle. Avais-je bien entendu ?

— Lucy, ça va ? me demanda-t-il, l'air inquiet.

Je réussis à me calmer, et j'acquiesçai en lui faisant signe de poursuivre.

— Hier soir, pendant qu'on regardait le film, elle s'est jetée dans mes bras, comme si elle était terrorisée. Mais tu sais ce qui est drôle ? Elle prétend que les films d'horreur sont complètement stupides, et qu'ils ne lui font pas peur du tout !

— Comment tu le sais ?

— Qu'est-ce que tu crois ? Je me suis informé sur ses goûts ! Je vais sûrement l'emmener au cinéma, et je ne voudrais pas...

— D'accord, d'accord ! Et ?...

J'étais bien obligée de reconnaître que Dylan et Caroline formaient un beau couple. Ils semblaient faits l'un pour l'autre. Seulement, je savais à quel point une relation entre eux me ferait souffrir.

— ... Quand on s'est quittés, j'ai trouvé Caroline, qui m'attendait devant chez toi. Elle m'a demandé de la raccompagner chez elle : il paraît qu'elle a peur du noir. En route, on a parlé, et tu n'as pas idée comme je me sentais bien avec elle ! Elle est gentille, sympa, sensible ; elle me comprend parfaitement. Quand on est arrivés chez elle, elle m'a embrassé sur la joue et m'a murmuré : « Merci, mon héros. » Tu te rends compte ? Elle m'a vraiment appelé *héros* !

Oui, je me rendais parfaitement compte… La jalousie faillit m'étouffer : elle était en train de conquérir le garçon que j'aimais depuis toujours ! Le seul que je voulais pour moi.

Je me serais volontiers bouché les oreilles pour ne pas l'entendre chanter ses louanges.

De plus, je savais que j'allais jouer un rôle fondamental dans leur relation. Bref, le bonheur de Dylan était entre mes mains…

Ça ne loupa pas !

— … et c'est là que tu entres en jeu, reprit-il. Vous avez votre entraînement de pom-pom girls aujourd'hui, non ? Alors, demande-lui ce qu'elle pense de moi. Dis-lui que tu as vu qu'on s'entendait bien, et que tu es curieuse de savoir ce qu'il y a entre nous, suggéra-t-il.

Et puis quoi encore ?

— Dylan, je suis désolée, mais je préfère ne pas m'en mêler. Je n'ai rien à voir là-dedans. Tu n'as qu'à le demander à Beth ou à Tyler.

Je ne voulais pas parler à Caroline. Chaque fois que je la voyais, mon estime de moi dégringolait en flèche, à cause de son physique aussi bien que de son caractère. Elle était si douce et si gentille qu'il était impossible de ne pas l'adorer.

— Mais tu es ma meilleure amie ! Tu es censée me filer un coup de main.

Je restai muette. J'évitais son regard pour ne pas m'entendre dire : « OK, compte sur moi. »

J'étais dans un sacré pétrin... La situation empira quand sa main effleura la mienne et qu'il murmura :

— Je t'en prie... j'ai besoin de toi.

Pouvais-je lui dire non quand il me regardait avec ces yeux-là ?

11

Elle était amoureuse de lui, il ne me restait plus qu'à le dire à Dylan.

Ce jour-là, l'entraînement des pom-pom était plus pénible que d'habitude. Était-ce parce que le tournoi approchait, ou peut-être, tout simplement, que Clarisse voulait nous faire souffrir par pur plaisir ?

En tout cas, j'étais vraiment HS, et ce n'est qu'à la pause de cinq minutes accordée par Sa Majesté que je réussis à échanger quelques paroles avec Beth.

Ma meilleure amie jubilait à l'idée d'une relation entre Daniel et moi, idée absurde, étant donné que j'étais amoureuse de Dylan, et que je ne pourrais jamais avoir un autre petit ami.

— Tu n'as pas à l'aider avec Caroline ! déclara-t-elle. Il est gonflé de te le demander. Laisse-le se débrouiller seul.

— Beth, je n'ai pas le choix. Je dois le faire, gémis-je.

— Mais il te reste le mensonge ! Appelle-le tout à l'heure et dis-lui que Caroline n'éprouve rien pour lui, et qu'il ne pourra rien y avoir entre eux, ni maintenant ni jamais, me suggéra-t-elle.

À la pensée de mentir à Dylan, je frissonnai : si mon meilleur ami le découvrait, il ne m'adresserait plus la parole jusqu'à la fin de mes jours ! Je décidai tout de même de réfléchir à la suggestion de Beth, tout en sachant que je ne pourrais jamais faire de mal à Dylan.

Lorsque Clarisse nous hurla l'ordre de nous mettre par deux pour accomplir l'exercice suivant, je m'approchai de Caroline sous le regard désapprobateur de Beth.

À dire vrai, j'étais moi-même curieuse de savoir ce que Caroline pensait de Dylan. Ce fut pour cela que je demandai en m'efforçant de sourire :

— On le fait ensemble ?

Caroline acquiesça en souriant, l'air heureuse de faire équipe avec moi.

En plein milieu de l'exercice, je lâchai la question fatidique :

— Caroline, je voudrais te poser une question, mais promets-moi que tu seras sincère…

— Bien sûr. À quel propos ?

J'allai droit au but.

— J'ai remarqué que dernièrement, Dylan et toi, vous êtes… comment dire… sur la même longueur d'onde. Du coup, je me demandais s'il y avait quelque chose entre vous.

Inutile de tourner autour du pot. Et puis, il me fallait découvrir si je devais abandonner tout espoir…

Elle hésita, puis elle finit par dire :

— En réalité, je ne le sais même pas moi-même. Je n'avais jamais remarqué Dylan avant cette année, et j'avoue que je le trouve mignon et sympa. J'aime bien être avec lui. Je ne sais pas si tu me comprends…

Oh oui, je comprenais – et comment ! – ce qu'on éprouvait à se sentir importante pour Dylan. J'avais espéré être la seule à avoir l'honneur d'être protégée et appréciée par lui, mais apparemment, j'allais devoir partager ce privilège avec Caroline.

— … en fait, oui. Je me sens très attirée, continua-t-elle. Je ressens vraiment quelque chose, et je suis sûre que c'est réciproque, je le vois bien quand il me regarde.

Plus elle parlait, plus je souffrais.

Elle était amoureuse de lui, elle aussi, il ne me restait plus qu'à le dire à Dylan. Si j'en trouvais le courage…

J'aurais voulu me sauver à toutes jambes, me réfugier dans ma chambre, me glisser sous ma couette et disparaître pour toujours.

— Et toi… tu en penses quoi ? Tu es sa meilleure amie, je suppose qu'il te confie ce genre de choses.

La jalousie me fit perdre la raison, et je déclarai :

— Non, Dylan ne m'a jamais parlé de toi.

Je n'étais pas fière de moi, mais après tout ce n'était que justice. Pourtant une question me vint aussitôt à l'esprit : depuis quand Lucy Sanders faisait-elle passer son propre bonheur avant celui des autres ? Où était la fille qui préférait rendre les autres heureux plutôt qu'elle-même ? À ce moment-là, on aurait dit qu'elle n'avait jamais existé.

— Ah…, murmura Caroline, déçue. Mais… je peux te demander un service ? Tu veux bien me prévenir s'il dit quelque chose sur moi ?

— Bien sûr, lui assurai-je.

Inutile de préciser que je n'avais aucune intention de le faire…

À la fin de l'entraînement, je décidai de prendre ma douche dans les vestiaires du gymnase avant de rejoindre Daniel à la plage, comme je le lui avais promis.

Ça me ferait du bien, de passer l'après-midi avec lui. J'avais besoin de le voir pour me confier et lui parler de la situation dans laquelle Dylan m'avait mise.

Après avoir dit au revoir à Beth et aux autres filles du groupe, je sortis de l'école. Caroline était carrément venue me serrer dans ses bras… Je n'arrivais pas à y croire.

— La voilà, la petite blonde de la friendzone ! s'écria Daniel en me voyant dans la cour.

Je lui aurais bien balancé mon sac à la figure, si on n'avait pas passé le fameux pacte.

Je fis semblant de rire.

— Ouh, trop drôle !

« Ses répliques n'ont rien de marrant, alors que Dylan, lui, est un véritable boute-en-train, me dis-je avant de m'ordonner : Stop ! Ne pense plus à Dylan. C'est une obsession ! »

— Oh, un sourire ? Je ne pensais pas en voir un sur ton visage aujourd'hui, me taquina Daniel.

— Dépêchons-nous. Plus vite on va à la plage, plus vite je me débarrasserai de toi, plaisantai-je, et il fit semblant d'être vexé.

Son expression était hilarante ; je ne pus m'empêcher de rire.

— Je croyais que c'était le contraire, fit-il. Je te rappelle que c'est moi qui te file un coup de main avec ton cher petit-meilleur-ami.

Je haussai les épaules et me dirigeai vers la plage.

Ce n'était sûrement pas l'une des meilleures journées pour y aller. Le ciel était couvert et il faisait un froid de canard. Mais Daniel ne semblait pas y attacher d'importance : il s'assit sur le sable froid et ferma les yeux.

Je l'imitai. L'après-midi que nous avions passé sous la pluie m'avait appris à lui faire confiance.

Je fermai les yeux moi aussi et inspirai l'air du large.

Alors que le vent effleurait mes cheveux et que les vagues se brisaient sur le sable, je sentis le calme s'installer en moi.

— C'est beau, non ? fit Daniel au bout de quelques minutes.

— Oui. Ça fait du bien, j'en avais besoin.

— Qu'est-ce qui s'est passé ?

Oh ! trois fois rien : je venais juste d'apprendre que le garçon que j'aimais avait une soupirante… La voix de Caroline résonnait sans arrêt dans ma tête : *En fait, oui. Je me sens très attirée.*

— Caroline m'a avoué qu'elle est amoureuse de Dylan, et je ne sais pas quoi faire.

— C'est simple : ne le dis pas à Dylan.

Estomaquée, je me tournai pour le regarder dans les yeux. Il devait plaisanter ! Non, il était sérieux.

Il avait pensé exactement la même chose que moi, sauf qu'il l'avait exprimé à voix haute, comme si mentir à Dylan était la chose la plus naturelle au monde.

— Je me sentirais trop coupable !

— Et pourquoi ? Dylan, lui, ne se sent pas coupable de te rendre malheureuse ! Pour arriver à ses fins, il faut parfois jouer gros. C'est le moment ! Tu vas lui dire que Caroline n'éprouve rien pour lui, et il finira par l'oublier. Tu joueras les amies fidèles, tout en faisant semblant d'être avec moi, pour lui faire comprendre qu'en réalité ce qu'il ressent pour toi n'est pas juste de l'amitié. Et tu obtiendras ce que tu veux.

Le plan était clair et précis ; il y avait juste un détail qui m'échappait :

— Et toi, qu'est-ce que tu y gagnes ?

— Mais... Caroline ! répondit-il, comme si c'était évident. Elle n'est pas si mal, et elle aura besoin de réconfort quand Dylan la laissera tomber.

Il se tut un instant avant de demander :

— Mais es-tu vraiment amoureuse de lui ?

— Oh oui ! Ça ne t'est jamais arrivé d'être amoureux de quelqu'un au point de vouloir que cette personne soit toujours près de toi ?

— Non, répondit-il sèchement. Et j'espère que ça ne m'arrivera jamais.

Il sourit, et je lui lançai une poignée de sable.

Puis tout s'enchaîna : on se mit à courir, les pieds dans l'eau glaciale et on s'éclaboussa en riant comme des fous. C'était trop drôle !

Je me sentais si bien. J'aurais aimé enregistrer ce moment pour me le repasser quelques années plus tard.

Je restai avec lui plus longtemps que prévu. Il avait réussi à me faire oublier pendant tout un après-midi l'épreuve que j'allais affronter le lendemain et que je redoutais plus que tout au monde : mentir à Dylan.

12

« Ce sourire te trahit. »

Je ne rentrai chez moi que parce que ma mère, seul être vivant capable d'inspirer la terreur même via le portable, m'avait sommée de le faire.

Elle voulait que je sois là pour surveiller mon frère, qui était ingérable. Dès que maman quittait la maison, Ricky sortait en cachette pour passer la soirée avec ses amis, voire ses amies : je ne voulais même pas savoir ce qu'il fabriquait lors de ses fugues…

En tout cas, la semaine précédente, maman l'avait découvert ; c'est pourquoi j'avais la charge de le garder à l'œil en son absence. Je dois admettre que j'aimais bien exercer mon pouvoir de grande sœur.

— Juste une demi-heure ! Qu'est-ce que ça te coûte ? insistait Ricky.

Il agissait chaque fois de la même façon : il me suivait à travers toute la maison sans lâcher prise, dans l'espoir de me convaincre. Il aurait dû savoir que, si j'avais une idée en tête, personne ne pouvait me faire changer d'avis. Exception faite de Dylan, et encore, pas toujours.

— Maman me fait confiance. Pas question que je la déçoive !

— Mais je te rendrais la pareille ! Dis-moi ce que tu veux ! fit-il pour la énième fois.

— Ricky, arrête. Je ne vais pas désobéir à maman juste parce que tu as envie de voir une de tes petites amies, dis-je en parcourant des yeux la liste des pizzas à commander.

Je sentais que la soirée allait être longue… Après m'avoir harcelée en vain, mon frère essaya carrément de s'éclipser quand j'avais le dos tourné. Finalement, je fus contrainte de m'enfermer avec lui au salon pour regarder un film mortel à la télé.

— Mais je rêve. Pourquoi on mate ça ? fit-il tout à coup.

— Ça ne plaît pas aux mecs, les histoires de zombies ?

— Pas à mon âge, grommela-t-il.

Je n'aimais pas le voir contrarié, mais il le méritait. Petite, je pensais que j'avais de la chance d'avoir un frère, même plus jeune. J'imaginais qu'une fois grand il me protégerait : c'est le rôle des frères. Seulement, Ricky n'était pas du tout ce genre de frère, et il ne le deviendrait jamais.

Moi aussi, j'aurais préféré faire autre chose. À la place, je restais là pour l'empêcher de se fourrer une fois de plus dans le pétrin.

Mon portable sonna, et je vis apparaître sur l'écran les cinq lettres les plus belles au monde.

— Salut, Dylan !

— Alors, tu as parlé à Caroline ?

Je lui aurais bien répondu : « Cher Dylan, va au diable si c'est pour ça que tu m'appelles ! » J'étais folle de rage, mais c'était Dylan, je ne pouvais pas lui raccrocher au nez.

— Oui.

Je savais que j'allais lui faire mal et que je le regretterais le lendemain, mais c'était le seul moyen de lui faire oublier Caroline. Je lâchai donc :

— Elle a dit qu'elle t'aime bien, vraiment, mais comme un ami, rien de plus.

Il resta silencieux. Je me sentis si coupable que je faillis lui dire que c'était une blague. Mais au moment où j'ouvrais la bouche, Dylan articula d'une voix faible :

— D'accord… merci, Lucy. Tu es une vraie amie.

Je me sentis encore plus mal. Je n'étais pas « une vraie amie » ! Je n'étais qu'une égoïste jalouse qui avait décidé de mentir à la personne qu'elle aimait le plus au monde. Dylan ne le méritait pas, je n'aurais jamais dû le faire.

Lorsque mon portable sonna une nouvelle fois, j'espérai de toutes mes forces que c'était lui qui me rappelait. J'aurais peut-être pu limiter les dégâts. Mais c'était Daniel.

— Lucy… ce n'est pas que je ne veuille pas t'aid… *Hé, toi, arrête !*

(En fond sonore, j'entendis un bruit de verre brisé et des rires d'enfant.)

— Désolé, Lucy… Tu es encore là ?

— Oui ! Qu'est-ce qui se passe ?

Ma question était superflue, car la situation était claire : le pauvre Daniel faisait du baby-sitting, et il semblait être dépassé par les événements…

Il était bien comme j'avais pensé : sûr de lui en apparence, mais désemparé à certaines occasions.

— Euh… tu sais te débrouiller avec les gosses ? demanda-t-il.

— Mieux que toi, je crois, dis-je en réussissant à sourire malgré ce que je venais de faire à Dylan.

— J'ai besoin de ton aide ! Ces petits monstres sont en train de saccager mon appartement.

— Mais... tu n'habites pas seul ? D'où ils sortent, ces gamins ?

— Je t'expliquerai plus tard. Si je te donne l'adresse, tu peux me rejoindre ?

— Oui, j'arrive !

Comme je ne pouvais pas laisser mon frère seul à la maison, je l'obligeai à m'accompagner.

Il protesta, se lamenta, mais je fus intraitable : il était sous ma responsabilité. D'ailleurs, il me serait peut-être utile, étant donné qu'il adorait les gosses. Eh oui, Ricky sortait, buvait, jouait les durs, mais devant les gamins il fondait et devenait doux comme un agneau. Plus ils étaient petits, plus il les trouvait mignons.

On dut y aller à pied, mais, heureusement, Daniel n'habitait pas loin. Une fois devant chez lui, je constatai que son « appartement » était en réalité une maison. Ses parents ne s'occupaient peut-être pas de lui – d'après ce qu'il disait – mais ils lui donnaient certainement ce qu'il y avait de mieux, lui permettant de vivre dans une gigantesque et luxueuse villa.

Je frappai à la porte, et une gamine d'environ deux ans vint m'ouvrir. Elle était craquante avec son grand sourire, deux adorables couettes sur sa petite tête brune et son visage barbouillé de couleurs.

La maison ressemblait à un champ de bataille : des vases cassés, des murs barbouillés, des enfants qui couraient d'une pièce à l'autre, des chaises renversées par terre, du pop-corn partout. On aurait dit qu'un ouragan venait de tout dévaster.

— Enfin ! Aide-moi, je t'en prie ! s'écria Daniel.

J'éclatai de rire en voyant qu'il portait sur les épaules un petit garçon aux cheveux bouclés, qui lui donnait des coups sur la tête en criant :

— Hue, dada ! Hue, dada !

Daniel avait l'air complètement perdu.

— Laisse-moi faire.

Je pris le petit dans mes bras, mais il se mit à pleurer à chaudes larmes. Par chance, Ricky inventa un jeu pour le distraire, ainsi que les autres gamins, tandis que Daniel et moi passions les pièces en revue à la recherche de gamins égarés. On aurait dit une chasse au trésor.

— En voilà un ! murmura tout à coup Daniel en s'arrêtant devant sa chambre.

Le petit était couché par terre, en train de jouer avec des Lego.

Daniel s'approcha à pas feutrés... Il allait l'attraper lorsque le parquet grinça.

Le petit cria et se mit à courir en rond dans la pièce, poursuivi par Daniel. Je fermai la porte et essayai de l'intercepter, mais il était très agile et trop rapide pour nous.

« Mais ils ont mangé quoi, ces gosses ? » me demandai-je cinq minutes plus tard. Le petit débordait encore d'énergie alors que Daniel et moi étions épuisés.

Nous étions sur le point de l'attraper quand je marchai sur un Lego qui me fit l'effet d'un coup de poignard dans le pied.

Je me mis à sauter sur un pied en hurlant de douleur.

Daniel courut à mon secours et me prit par la taille pour me soutenir. Il éclata de rire et, malgré la gravité de la situation, je ne pus m'empêcher de l'imiter.

— Ce n'est pas marrant ! dis-je, toujours entre ses bras.

— C'est sûr ! répondit-il, hilare.

Il plongea son regard dans le mien.

— La prochaine fois que j'aurai besoin d'aide, rappelle-moi de ne pas t'appeler.

Je pris un air vexé et lui assenai un coup de poing dans l'épaule, ce qui le fit rire encore plus.

Le petit monstre se remit à jouer avec ses briques de malheur, tandis que Daniel et moi restions assis au bord du lit pour souffler un peu.

— Tu peux m'expliquer pourquoi tu gardes ces gamins ? dis-je.

— C'est les miens, plaisanta-t-il.

— Non, sérieux. Pourquoi fais-tu du baby-sitting ? Je n'ai pas l'impression que tu manques d'argent…

— Je n'en manque pas, mes parents m'en envoient toutes les semaines. Mais je ne veux pas dépendre d'eux ! Je préfère me débrouiller tout seul pour savoir ce qu'on éprouve à gagner quelque chose à la sueur de son front. Jusque-là, on m'a toujours tout servi sur un plateau d'argent.

Je remarquai son regard triste, comme s'il était en train de revivre des moments douloureux. Je fus charmée par ses yeux mystérieux et tristes. J'essayai d'imaginer à quel point c'était difficile de grandir seul, sans l'étreinte réconfortante de ses parents.

— … Cela dit, je crois que le baby-sitting n'est pas pour moi. Il va falloir que je trouve autre chose.

Il se leva. Perdue dans mes pensées, je ne l'imitai pas. Il me tendit la main en souriant :

— Eh bien, tu ne te lèves pas ? Je te rappelle que j'ai besoin de toi.

Au bout de quelques autres minutes de course-poursuite nous réussîmes à attraper le petit monstre : épuisé, il finit par s'écrouler. Nous en trouvâmes deux autres, et nous les ajoutâmes aux premiers, assis sagement en cercle autour de Ricky qui leur lisait une fable.

— Ton frère est trop fort ! souffla Daniel. C'est lui que j'appellerai la prochaine fois…

Je voulus le frapper, mais il arrêta mon poing, l'air fier de lui.

— Tu n'es pas marrant, dis-je, les yeux dans les siens.

— Ah non ? Pourtant tout ce que je dis te fait rire, s'exclama-t-il.

Je ne sus que répondre.

— Quelqu'un me donne un coup de main ? Ils se sont endormis, lança Ricky.

Daniel l'aida à installer les petits, vaincus par le sommeil, sur les canapés du séjour. Daniel avait été fou d'accepter de garder tous ces enfants : si chacun d'eux était adorable, dix ensemble devenaient un cataclysme.

Vingt minutes plus tard, les mamans vinrent récupérer leur progéniture. Ricky et moi nous levâmes, nous aussi.

— Soigne bien ton pied. J'ai encore besoin de ma guide scolaire, plaisanta Daniel quand on se disait au revoir.

— Ce soir, je te trouve encore moins drôle que d'habitude, dis-je en m'efforçant d'avoir l'air sérieuse.

Il me pinça doucement la joue et ricana :

— Menteuse ! Ce sourire te trahit.

— Bonne nuit, dis-je, un peu gênée.

— Bonne nuit.

Je rejoignis Ricky, qui m'attendait dans la rue, l'air détendu. Apparemment, cette sortie lui avait fait du bien.

— Je ne croyais pas qu'il était possible qu'un autre mec que Dylan te fasse sourire. Comme quoi, la vie nous réserve des surprises…

— Ne te fais pas d'idées, Ricky. Daniel n'est qu'un ami.

Mon frère ricana.

— Oh, oui, j'en suis sûr. Mais je ne pense pas que ce soit la même chose pour lui. Il te dévorait des yeux, littéralement !

D'habitude, je savais tout de suite si je plaisais à quelqu'un. Cela me permettait de repousser ses avances pour éviter qu'il se fasse des illusions. Or Daniel ne m'avait pas du tout donné cette impression. Il s'était comporté comme n'importe quel garçon se comporte avec une amie. Rien de plus.

— C'est faux ! dis-je en haussant les épaules.

— Peut-être…, fit-il comme s'il avait juste voulu me provoquer pour voir ma réaction.

Je pris mon portable : j'avais dix appels manqués et deux messages de Dylan.

13

« J'ai vraiment besoin de toi. »

Les appels manqués me firent l'effet d'un coup au cœur, car je pensai que Dylan avait découvert mon mensonge. Mais qui aurait pu le lui dire ? Caroline lui avait-elle avoué ce qu'elle éprouvait pour lui ? Rongée par le doute, je le rappelai.

— Lucy..., souffla-t-il, et je compris aussitôt ce qui s'était passé.

Je n'avais vu Dylan pleurer que très rarement et, en ces occasions, j'avais été près de lui pour le consoler. C'est pourquoi je me sentis comme une vraie merde...

Mon meilleur ami pleurait par ma faute. Il était malheureux à cause de ma stupide jalousie. Que lui dire pour que sa tristesse se dissipe ? La vérité, bien sûr... Mais c'était au-dessus de mes forces.

— Dylan, qu'est-ce que tu as ?

— Tu ne pourrais pas... passer chez moi ? Je sais qu'il est tard, mais j'ai vraiment besoin de toi.

Je n'hésitai pas un instant. Il était neuf heures et demie, il faisait nuit dehors, mais j'aurais fait n'importe quoi pour aller voir Dylan, pour le consoler. J'étais même prête à lui dire la vérité, au risque de le perdre. Oui, je devais lui avouer que les sentiments de Caroline étaient plus qu'une simple amitié.

— J'arrive !

J'obligeai Ricky à se presser pour rentrer à la maison, jetant aux oubliettes ma mission. Tant pis si ma mère me passait un savon, je n'avais qu'une seule idée en tête : Dylan.

Je m'échappai après avoir supplié mon frère de rester tranquille et de ne pas se fourrer dans le pétrin, et je courus pour arriver chez Dylan le plus vite possible.

Je pouvais imaginer comment il se sentait après avoir appris que la fille de ses rêves n'éprouvait rien pour lui. Il devait être aussi malheureux que moi, chaque fois qu'il m'appelait sa « meilleure amie ».

Il m'ouvrit la porte, les yeux gonflés et rougis, le visage triste. Je l'étreignis sans dire un mot. Je savais que ce geste l'aiderait plus que n'importe quelles paroles.

En réalité, c'est moi qui me sentis protégée et en sécurité dans ses bras. Personne d'autre ne me procurait une telle sensation. J'étais convaincue qu'on n'éprouve cela qu'avec sa moitié. Dylan faisait vraiment partie de moi-même.

— Ça ne va pas du tout, m'avoua-t-il.

On s'installa dans le salon, et il se couvrit le visage de ses mains.

— C'est à cause de Caroline ?

— Oui. Ça fait des années que j'essaie de me rapprocher d'elle et, là, je pensais être tout près du but. Depuis la première fois où on s'est parlé, elle et moi, on n'a plus arrêté : on s'est appelés tous les jours, des heures et des heures à bavarder chaque après-midi. Et ce soir-là, chez toi, si ce crétin de Tyler n'avait pas été là, j'aurais trouvé le courage de l'embrasser. Lucy, je croyais vraiment avoir réussi à conquérir la fille de mes rêves.

Ses paroles me brisaient le cœur. Je me disais : « Vas-y, dis-lui que Caroline aussi est amoureuse. Fais-le si tu veux l'aider. » Et j'étais prête à le faire. Mais lorsque j'ouvris la bouche pour lui avouer mon mensonge, il reprit :

— Je suis désolé de t'avoir appelée à cette heure-ci... Tu es la seule personne en qui j'ai confiance.

Et plus il continuait de parler, plus je me sentais horrible, sans cœur. « Dis-le-lui », me répétais-je encore et encore, mais c'était au-dessus de mes forces.

— Je serai toujours là pour toi, lâchai-je en posant ma main sur la sienne.

Je trouverais le moyen de résoudre la situation, j'en étais certaine. Je ferais en sorte que tout s'arrange... je devais juste inventer une excuse valable pour justifier ce que j'avais dit à Caroline, ainsi qu'à Dylan, pour les éloigner l'un de l'autre.

— Merci, Lucy.

— On va chercher une solution. Tout ira bien... OK ?

Il se contenta d'acquiescer, l'air pas du tout convaincu. Normal : il venait d'apprendre que la seule fille qui lui ait jamais plu n'était pas amoureuse de lui.

— Tu sais, je rêve de l'embrasser depuis que je suis tout petit. Je me sens tellement bête maintenant ! J'ai repoussé tant de filles pour elle… et tu vois où j'en suis ! À pleurer pour quelqu'un qui n'en a rien à faire de moi.

Je le comprenais très bien. Outre le fait qu'on se ressemblait, on traversait aussi tous les deux une période difficile. La tristesse qui lui rongeait le cœur m'était familière… c'est ce que j'éprouvais moi-même tous les jours.

— Dylan, tout ira bien. Je vais en reparler avec Caroline… au cas où…

C'était banal et stupide, mais cela suffit pour le faire sourire. Il entrelaça ses doigts aux miens, comme si nos cœurs solitaires avaient enfin trouvé leur moitié. Il me regarda tendrement :

— Qu'est-ce que je ferais sans toi ?…

On resta silencieux quelques secondes avant que Dylan reprenne :

— Il paraît que tu as passé un bon après-midi avec Daniel…

Comment l'avait-il su ?

— Au lycée, il y a pas mal de bruits qui circulent sur vous deux, poursuivit-il. Les paris sont déjà lancés ! Beaucoup de gens disent que vous serez bientôt ensemble ; d'autres, par contre, pensent que tu es amoureuse d'un autre et que le nouveau n'a aucune chance.

Je me figeai : plaisantait-il ? Il me suffit de croiser son regard pour comprendre qu'il était sérieux.

Tous, au lycée, savaient que j'étais amoureuse de Dylan, sauf lui, évidemment. Ou peut-être que si, il le savait, mais il ne voulait pas m'en parler pour ne pas gâcher notre amitié.

— Ils sont bizarres, dans ce lycée, lâchai-je, mal à l'aise.

— Exactement comme ce Daniel ! Il vient à peine d'arriver, et il n'arrête pas de te tourner autour. Fais attention, ce n'est pas quelqu'un que j'imagine à tes côtés.

— Ah bon ? Et quel genre de garçon tu imagines à mes côtés ?

— Eh bien… un mec un peu comme moi. Quelqu'un qui te connaît, qui prend soin de toi… Je suis sûr que tu finiras par le trouver. Même si, évidemment, la copie ne pourra jamais dépasser l'original, fanfaronna-t-il, et je fis semblant de rire.

En réalité, j'étais révoltée : pourquoi devrais-je me contenter d'une copie, quand j'avais l'original près de moi ? Pourquoi Dylan ne comprenait-il pas que la seule personne que je voulais, c'était lui ?

— Daniel n'est pas si mal, répondis-je.

— Mmm… votre étrange relation me fait penser à Tyler et Beth. Au fait, tu sais qu'ils se sont disputés cet après-midi ?

— Pourquoi ?

— Hier soir, ils ont encore terminé au lit, et tu sais comment est Tyler… Il en a profité pour se moquer d'elle et lui lancer à la figure qu'elle est accro à lui.

— Tu as essayé de parler avec ce merdeux ?

— Oui, évidemment. Je suis inquiet pour Beth. Lui, il parle d'une technique de drague… Il prétend que plus tu fais enrager une fille, plus elle s'attache à toi.

Moi aussi, j'étais inquiète pour Beth. Je quittai le salon sous le prétexte d'aller aux toilettes et j'appelai ce crétin de Tyler. J'étais furieuse.

Il ne répondit qu'à la cinquième sonnerie.

— Qu'est-ce que tu veux ? J'essayais de dormir.

Je m'emportai :

— Ce que je veux ? Arrête de traiter Beth de cette manière. Arrête de lui dire que tu sais mieux qu'elle ce qu'elle éprouve pour toi !

— Ho, du calme, Sanders ! Je t'ai déjà prévenue : ne te mêle pas de ça. Beth est assez grande pour savoir ce qu'elle fait. Et je lui dis ce que j'ai envie, OK ?

— Je te rappelle que j'ai encore *cette* photo, sifflai-je, menaçante.

— Et moi, je te rappelle qu'il me suffit de faire le numéro de Dylan pour qu'il apprenne des trucs..., riposta-t-il.

Je raccrochai en bouillant de colère. Je ne pouvais rien faire ! Juste espérer que Beth réagisse et s'éloigne de lui...

Non. Je n'allais pas abandonner ma meilleure amie.

14

Je passai du paradis à l'enfer.

Les paroles de Tyler me tourmentèrent toute la nuit. Je ne pus fermer l'œil ; je pensais sans cesse à ce qui arriverait si Dylan découvrait mes sentiments pour lui.

La seule réaction imaginable était horrible : Dylan s'éloignerait de moi pour éviter de me blesser.

— Ricky, arrête de me piquer mes céréales.

— Je les mérite après ce qui est arrivé hier soir, marmonna-t-il.

Oui, la veille au soir, Ricky avait *vraiment* été sympa. Sérieux. Après m'avoir aidée avec Daniel, il était resté à la maison, comme je le lui avais demandé, pour ne pas me causer de problèmes avec notre mère, qui ignorait tout de mon escapade chez Dylan.

Mon petit frère gagnait en maturité et pensait à moi. Je lui aurais bien fait un câlin, mais en réalité, nous n'étions pas le genre à nous embrasser ou à nous murmurer des paroles tendres à l'oreille.

Ce qui comptait, c'était de savoir que nous serions toujours là l'un pour l'autre.

Mon portable sonna : c'était Beth. Pendant ma nuit blanche, j'avais aussi essayé de trouver une explication au comportement de ma meilleure amie avec Tyler.

Beth avait sa part de responsabilité dans ce qui lui arrivait avec ce crétin. Elle n'aurait pas dû se laisser traiter de la sorte. Il fallait que je lui parle pour comprendre.

— Lucy ! s'écria-t-elle dès que j'eus décroché. Ça fait dix minutes que je poireaute devant chez toi !

J'avais complètement oublié que je lui avais demandé de passer pour que nous allions au lycée ensemble. Je raccrochai en vitesse et sautai le petit déjeuner pour me précipiter au-dehors.

— Désolée pour le retard, dis-je en l'embrassant.

On se mit en route, prêtes à affronter une matinée stressante. De plus, une répétition supplémentaire des pom-pom avec Clarisse était prévue l'après-midi, ce qui terminerait *en beauté* une journée déjà pénible.

— Tu seras à l'entraînement des pom-pom ? fit Beth, qui semblait lire dans mes pensées.

— Tu crois que j'ai le choix ? Clarisse nous étranglera si on n'y va pas.

— C'est justement pour cela que je dois te demander un service. Je ne peux pas venir. Tu pourrais lui dire que, tout à coup, je me suis sentie mal, ou inventer une autre excuse ?

— Tu vas où ?

Beth baissa les yeux et rougit. Je craignais de savoir pourquoi…

— Je ne sais pas si je peux te le dire, Lucy.

— Évidemment que tu peux me le dire !

— Tu ne vas pas être contente.

Je ne m'étais pas trompée : Tyler avait quelque chose à voir là-dedans.

— Vas-y, je ne te dirai rien.

— Cet après-midi, je sors avec Tyler.

J'avais promis de ne pas m'en mêler, mais je ne pouvais pas. Il fallait que je lui demande ce qu'elle trouvait à ce mec qui profitait d'elle et la manipulait.

— Pourquoi Tyler ? Comment peux-tu lui adresser la parole après ce qu'il t'a fait ? dis-je calmement.

— Il m'a toujours plu, et je lui plais aussi. Je plais à quelqu'un, Lucy ! Je sais bien que ce n'est pas le garçon qu'il me faudrait mais je n'arrive pas à rester loin de lui. Il est comme une drogue : une fois que tu l'as essayée, tu en veux toujours plus, jusqu'à ce que tu sois accro. Tyler est comme ça pour moi.

C'est tout à fait vrai que les contraires s'attirent : Beth était une fille parfaite en tout, Tyler, lui, exactement l'opposé.

Seulement, avec le temps, ils risqueraient de finir par se détruire mutuellement. J'étais plus que convaincue que l'histoire de Beth et Tyler ne se terminerait pas bien.

— Mais ouvre les yeux, Beth ! m'écriai-je. Tyler t'utilise. Tu veux vraiment être l'une de ces nanas qu'il met dans son lit quand il s'ennuie ?

Comment lui faire comprendre qu'elle allait avoir le cœur brisé ?

— Je suis assez grande pour savoir que je prends des risques dans une relation avec lui.

— Ce n'est pas une relation.

— Je sais. Peut-être, mais ça m'est égal. Tu n'as pas vu comment il me regarde quand on est seuls… Il a l'air de m'aimer vraiment, il est complètement différent !

Je ne savais pas quoi dire, pire, je ne savais pas quoi penser. Beth semblait tellement sûre de ce qu'elle faisait… lui parler ne servirait à rien.

Dès qu'on arriva au lycée, Beth fixa Tyler, qui, comme toujours, était en train de rigoler avec ses camarades de l'équipe de foot. Elle n'arrivait pas à détacher les yeux de lui.

— Ne t'inquiète pas pour moi, Lucy, dit-elle, je sais ce que je fais. Je le regretterai peut-être, mais j'ai l'intention de profiter du moment. Je veux le vivre à fond, et garder en mémoire pour toujours cette dernière année de lycée, lança-t-elle avant d'aller le rejoindre.

Je cherchai à me convaincre que Beth faisait le bon choix…

Je trouvai Daniel appuyé contre mon casier, en train de m'attendre. Je n'arrivais plus à me débarrasser de lui !

— OK, je veux que Dylan soit jaloux, mais pas que tu me colles tout le temps, lui dis-je, agacée.

Pour toute réponse, il me sourit, ce qui fit fondre ma colère et me donna un sentiment de culpabilité.

— Ça ne va pas ? demanda-t-il.

— Non, ça ne va pas ! Ma meilleure amie sort avec un crétin qui se sert d'elle et, hier soir, Dylan m'a appelée au secours, en larmes. Je n'ai pas eu le courage de lui avouer que j'avais menti. Je m'en veux.

Le fait d'en parler à Daniel me soulageait.

— Alors, tu as le moral à zéro à cause de ça ?

— Bien au-dessous de zéro ! Je fais souffrir mon meilleur ami.

— Et lui, il ne t'a pas fait de mal, pendant des années ?

— C'est complètement différent. Hier soir, je suis allée le voir ; je voulais lui dire la vérité mais mon égoïsme a eu le dessus. Je dois le faire. Je ne veux pas qu'il l'apprenne par quelqu'un d'autre !

Daniel me fixa de ses beaux yeux.

— Surtout, ne le lui dis pas. En tout cas, pas pour l'instant. Laisse passer quelques jours...

— Pourquoi ?

— Parce que, comme ça, notre plan marchera peut-être. Réfléchis : Dylan est désespéré. C'est le moment idéal pour qu'il se rende compte à quel point tu es importante pour lui, et combien il a besoin que tu sois à ses côtés, que tu le consoles... Te voir avec un autre l'aidera à comprendre ce qu'il éprouve pour toi, déclara-t-il avec assurance, comme s'il savait ce qui arriverait.

Cela m'effrayait un peu : et si tout ne se déroulait pas ainsi ?

— Si tu le dis..., murmurai-je.

Daniel s'avança tout à coup, me prit le visage entre ses mains et me caressa la joue avec le pouce. Mon cœur s'emballa : que faisait-il, bon sang ?

— Après, on ne pourra plus revenir en arrière. Tu me remercieras plus tard, chuchota-t-il en souriant, les yeux fixés sur mes lèvres.

Je savais ce qui allait se passer, mais je ne bougeai pas, pétrifiée tandis qu'il se penchait vers moi. Sa bouche était à quelques centimètres de la mienne quand je fermai instinctivement les yeux. Ses lèvres fraîches se posèrent sur ma bouche…

Gagnée par d'étranges émotions, je m'abandonnai à ce tendre et délicat baiser, étonnée par les pensées bizarres qui me traversaient l'esprit…

Lorsque Daniel s'écarta, je vis un sourire magnifique sur son visage.

— Retourne-toi, dit-il tout bas.

Et alors, en moins d'une seconde, je passai du paradis à l'enfer.

15

« Bien. »

Dylan était là, à quelques pas de nous, les yeux grands ouverts, les lèvres entrouvertes sous l'effet de la surprise. Lorsqu'il vit que je le regardais, il se passa la main dans les cheveux et fit demi-tour, comme s'il ne s'était rien passé.

Je restai figée au milieu du couloir : Daniel m'avait embrassée devant Dylan ! J'aurais dû être contente, mais je ne pouvais pas.

Furieuse, l'image de Dylan imprimée sous mes paupières, je me retournai lentement pour faire face à Daniel.

Son sourire, tout à coup, m'agaça terriblement. M'efforçant de rester aussi calme que possible, je dis :

— Pourquoi tu as fait ça ? C'est quoi, ton problème ?

Daniel tendit les mains pour les poser sur mes épaules, mais je reculai.

— Joli coup, hein ! fit-il en baissant la voix pour que les élèves qui nous regardaient ne l'entendent pas. Tu as vu sa tête ?

— Daniel, arrête ! Je ne veux pas faire de mal à Dylan, et je ne veux pas qu'il se fasse de fausses idées sur moi. Cette histoire est terminée, déclarai-je avec détermination.

— Quoi ? Tu n'as pas vu sa réaction ? Ça vaut le coup de continuer !

— Non !

Surpris, il changea d'expression.

— Très bien. Pour moi, pas de problème. La seule qui peut y perdre quelque chose, c'est toi.

— Bien, répondis-je durement.

— Bien, répéta-t-il en soutenant mon regard.

Pendant que je m'apprêtais à partir, je l'entendis dire :

— Je te préviens : quand tu voudras faire marche arrière, ma réponse sera non.

Je me retournai vers lui.

— Ne t'en fais pas, ça n'arrivera pas.

Nous parlions fort tous les deux, et tout le monde nous regardait, étonné : quelles personnes saines d'esprit s'embrassent pour se disputer aussitôt après ? Cela n'avait aucun sens.

Je plantai Daniel là et courus vers ma salle. Quand je vis Dylan assis à sa table, je sentis ma colère retomber pour laisser la place à la sérénité. Il suffisait vraiment d'aussi peu pour retrouver le bonheur ? Il suffisait de voir Dylan ?

Je restai quelques secondes sur le seuil à le regarder. Appuyé au dossier, les bras croisés sur le torse, il avait les yeux perdus dans le vide. J'aurais donné n'importe quoi pour connaître ses pensées.

— Mademoiselle Sanders, que faites-vous plantée là ? À votre place ! lança le professeur.

Apparemment, ils étaient tous de mauvaise humeur ce matin.

Je sortis mes livres et mes cahiers, avant de jeter un regard vers Dylan, qui m'adressa un petit sourire.

Rassurée, je pus supporter le reste du cours, d'autant que je ne fis que penser à lui : ses cheveux, ses lèvres, son nez légèrement retroussé, ses regards profonds, ses bras, ses étreintes parfaites, sa voix qui me faisait fondre...

« Lucy, arrête ! Il n'est que ton meilleur ami. Celui à qui tu as brisé le cœur en lui disant que Caroline ne partage pas ses sentiments », me rappela ma petite voix intérieure.

Bon sang ! Je devais résoudre cette situation avant que Dylan soit au courant de mon mensonge.

Dès que la cloche eut sonné, je me levai pour aller lui parler. En fait, je voulais surtout savoir ce qu'il pensait de la scène à laquelle il avait assisté. Je l'attrapai dans la cour.

— Salut, Lucy, me lança-t-il comme si de rien n'était.

— Dylan, je..., commençai-je.

Il m'interrompit.

— J'ai un service à te demander : tu pourrais essayer de convaincre Clarisse de faire votre entraînement de cet après-midi ailleurs ? Je n'ai pas envie de voir Caroline.

Ah... Il s'agissait de Caroline, encore et toujours.

— Tu sais, j'ai bien réfléchi à ce que tu m'as dit..., continua-t-il.

J'ouvris la bouche pour parler, mais il me fit signe de me taire.

— ... Elle ne m'intéresse plus. Je n'ai pas l'intention de perdre mon temps avec une fille qui ne me comprend pas. J'en trouverai une autre, avec laquelle je me sentirai bien.

Il pivota et se mit à marcher à grandes enjambées. J'avais du mal à le suivre. On passa près de Caroline, qui lui sourit et lança gentiment :

— Salut, Dylan. Comment ça va ?

Dylan ne la regarda même pas et poursuivit son chemin après avoir lâché :

— Bien.

Je le laissai partir : je le connaissais assez pour savoir qu'il préférait être seul, et qu'il ne pensait pas ce qu'il m'avait dit.

— Qu'est-ce qui se passe ? souffla Caroline l'air choquée. Dylan me déteste ?

Je haussai les épaules.

— Il est super bizarre aujourd'hui.

— Je n'y comprends rien ! D'après Tyler, il est amoureux de moi. Moi aussi, je l'avais pensé...

Elle secoua la tête, comme si elle se reprochait d'y avoir cru.

— Il t'a dit quoi, Tyler ? demandai-je, abasourdie.

Je n'arrivais pas à y croire : de quoi il se mêlait, celui-là ? Il ferait mieux de s'occuper de ses oignons !

— Hier, on a discuté un peu après les cours. Je lui ai demandé de me parler de Dylan, vu que tu n'avais pas grand-chose à m'apprendre. Et il m'a dit qu'il parlait de moi tout le temps, qu'il était carrément obsédé. On ne dirait pas...

Elle s'efforça de sourire pour cacher sa déception, mais ses yeux la trahirent.

— Mon Dieu qu'est-ce que je suis bête..., soupira-t-elle.

Elle détourna le regard, l'air bouleversée. J'étais bien placée pour savoir ce qu'elle éprouvait... Je me retins de la serrer dans mes bras et demandai, mal à l'aise :

— Ça va ?

— Bien sûr ! Tout va bien, chuchota-t-elle, les larmes aux yeux. Il vaut mieux que j'y aille, mon cours d'informatique va commencer...

Je l'arrêtai.

— Attends... Hier... hier soir, Dylan m'a parlé de ses sentiments pour toi, et il m'a dit qu'il ne savait plus trop où il en était. Je crois que c'est pour ça qu'il est aussi bizarre..., lui dis-je.

En réalité, j'étais moi-même stupéfaite de ce que je venais de sortir. J'avais essayé de consoler Caroline, celle que j'aurais dû détester plus que tout au monde ! J'aurais dû... mais je n'y arrivais pas. Je me retrouvais en elle, dans sa déception. Je lui avais dit ce que j'avais toujours voulu entendre...

Elle sourit et se jeta à mon cou.

— Merci, Lucy, murmura-t-elle.

Cette fille était tout simplement parfaite ! Je devrais être contente pour Dylan ; il serait heureux avec elle.

— À tout à l'heure, alors, s'écria-t-elle, radieuse. Espérons que Clarisse ne sera pas trop dure aujourd'hui.

— Espérons ! À plus.

Je la regardai s'éloigner, adossée à mon casier, et je respirai à fond. Il s'était déjà passé tant de choses aujourd'hui, et la matinée était loin d'être terminée...

— Attends... j'ai rêvé, ou tu viens d'embrasser Caroline ? entendis-je dans mon dos.

Tyler ! Je sentis monter la nausée.

Je m'éloignai en soupirant, mais il m'emboîta le pas.

— Vous êtes amies, maintenant ? Ou vous avez fait un pacte pour conquérir Dylan ? s'esclaffa-t-il.

Mais qu'est-ce qu'il voulait, à la fin ? Et...

Un instant ! Il avait parlé d'un *pacte* ?

— Un pacte ? Comment tu peux croire ça ?

Cela ne me faisait pas rire du tout. Était-il au courant pour Daniel et moi ?

— Eh bien, tu aurais bien pu laisser tomber ton plan avec Daniel pour en faire un autre avec Caroline.

J'en restai bouche bée : était-il au courant de mon arrangement avec Daniel ?

— Tu m'expliques, là ?

— Si tu ne veux pas que le grand amour de ta vie découvre ce que tu trafiques, alors laisse Beth tranquille et arrête de lui faire un lavage de cerveau.

— Tu t'en fiches de Beth ! C'est normal que je m'inquiète, non ?

— Tu te débrouilles, sinon je parle à Dylan. Je suis au courant pour ton mensonge au sujet de Caroline, et pour ce que vous faites, Daniel et toi, répondit-il avec assurance.

Il me tenait à sa merci !

— Tu bluffes ! Je ne fais rien avec Daniel.

— Arrête de mentir ! Tout le monde sait que tu ne pourrais jamais être avec un autre mec que Dylan. Il suffit de voir ta réaction quand Daniel t'a embrassée ce matin !

— J'ai réagi comme ça parce que je ne m'y attendais pas, c'est tout.

— C'est ça !… Tu oublies que je te connais depuis toujours, ma vieille. Reste loin de Beth, et je ne dirai rien à Dylan, conclut-il. Et fais attention à Daniel… il a l'air drôlement intéressé par le plan.

— Il n'y a aucun plan, Tyler. Fourre-toi bien ça dans le crâne ! affirmai-je d'un ton ferme.

Pour toute réponse, il ricana.

16

« Embrasse-le ! »

La fin des cours arriva bien trop vite à mon goût. Aujourd'hui, j'aurais aimé en avoir encore un autre pour reculer l'heure de l'entraînement avec Clarisse. Je maudis le jour où j'avais décidé de devenir une pom-pom girl. Tout ça par la faute de ma mère et de son envie de me voir faire comme elle !

— Hé, blondinette ! entendis-je alors que je marchais, la tête dans les nuages.

Je ne cessais de penser à Caroline et Dylan, c'était une idée fixe.

— Lucy !

Je m'arrêtai brusquement.

— Mais qu'est-ce que tu veux ? m'écriai-je.

Je regrettai ma réaction dès que je croisai le regard de Daniel. Je me souvins de son baiser et, sans le vouloir, je fixai sa bouche. Une petite voix me dit : « Embrasse-le ! » Décidément, il y avait quelque chose qui ne collait pas chez moi…

— Tu as oublié ton portable sur ta table ce matin. Inutile de te fâcher.

Il me tendit mon téléphone avant de poursuivre :

— Et puis… je voulais te demander pardon pour ce baiser. Je croyais bien faire. Avoue-le, c'était une situation idéale. Il nous regardait, et mon instinct m'a dit de t'embrasser… pour le plan, bien sûr. Je suis désolé.

Il se passa nerveusement la main dans les cheveux sans me quitter du regard.

Je ne répondis pas, troublée. Je ne savais que penser de cette situation. Daniel m'avait embrassée pour un motif plus que valable : m'aider à rendre Dylan jaloux. Et je devais dire que ç'avait été aussi agréable qu'inattendu… mais je continuais de croire qu'il n'avait pas agi correctement. Il aurait mieux valu se mettre d'accord avant sur quelques petites choses, par exemple, éviter de se donner en spectacle devant tout le monde.

— Je dois y aller, sinon j'arriverai en retard à l'entraînement, lançai-je.

Je m'éloignai rapidement en espérant qu'il ne me suivrait pas. Il ne le fit pas. Tant mieux : je n'aurais pas su quoi lui dire ; je n'avais pas les idées claires.

Je marchais, les yeux au sol, la tête pleine de pensées confuses, et je ne me rendis pas compte que je fonçais dans Beth. Son cri de frayeur me ramena à la réalité.

— Lucy, tu peux m'expliquer ce que tu fabriques ? Daniel t'a embrassée ce matin ?

Il ne manquait plus qu'elle ! Elle adorait fourrer le nez dans mes affaires de cœur.

— Ça ne sert à rien de le crier sur les toits, lui dis-je.

Les rumeurs se répandaient déjà bien trop vite, il était inutile qu'elle s'y mette, elle aussi.

— Raconte-moi tout ! Qu'est-ce qui s'est passé ? C'était comment ? Il embrasse bien ? Et…

Elle continua de me bombarder de questions jusqu'à ce qu'on arrive au gymnase.

— Beth, il l'a fait parce que Dylan était en train de nous regarder, lâchai-je, excédée. Il n'y a rien d'autre à ajouter.

J'essayai de clore le sujet, mais cette réponse ne fit qu'accroître sa curiosité.

— Dis-moi plutôt, repris-je, tu ne devais pas sauter l'entraînement d'aujourd'hui pour voir Tyler ?

— Euh… si. Mais finalement, on a changé d'idée.

Beth eut soudain l'air perdue dans ses pensées. J'avais enfin réussi à la faire taire.

Dans les vestiaires, les filles cessèrent de parler pour me regarder fixement.

— Ah, j'oubliais…, me murmura Beth à l'oreille, j'étais tellement émue et heureuse pour toi que j'ai un peu fait circuler la nouvelle…

Je l'aurais étranglée ! Je n'imaginais pas qu'un simple baiser puisse déclencher une telle réaction…

Une des filles s'approcha, intriguée.

— Mais… ce n'était pas Dylan qui te plaisait ? me demanda-t-elle.

Je me dis pour la énième fois que tout le monde était au courant, sauf lui. L'idée que Dylan faisait semblant de ne pas le savoir commença à s'insinuer dans mon esprit…

— C'est mon meilleur ami, répondis-je vaguement.

À cet instant, Clarisse entra dans les vestiaires, l'air mal lunée, comme d'habitude. Pour la première fois en quatre ans, je fus heureuse de la voir.

— L'entraînement de l'équipe de football a déjà commencé, lança-t-elle. Je vous préviens, n'essayez pas de tirer au flanc pour rester sur le banc à baver devant les mecs... C'est clair ?

On débuta, comme toujours, par des tours de footing et des séances d'abdos pas franchement marrants. Je regardais avec envie les gars de l'équipe de foot, qui riaient et plaisantaient en s'entraînant, dans une ambiance infiniment plus sympa que la nôtre.

Même Dylan n'avait plus l'air tendu de ce matin. J'étais contente de le voir rigoler avec Tyler.

Puis je remarquai que Daniel était là, lui aussi. Comment avait-il réussi à se faire accepter dans l'équipe ?

— Cinq, six, sept, huit, cria Clarisse. Remuez-vous !

On commença à réaliser une des nombreuses chorégraphies qu'elle avait élaborées.

Distraite, je me trompai plusieurs fois ; je n'arrivais pas à suivre la mesure, mais heureusement la meneuse ne s'en rendit pas compte.

Au bout d'une heure, elle nous accorda cinq minutes de pause. Je m'assis sur le banc près de Beth et j'observais l'équipe de Dylan.

Le football était un sport qui me fascinait : cela ne m'aurait pas déplu de faire partie d'une équipe féminine... si seulement ma mère n'avait pas déjà programmé mon avenir.

La balle entra dans le but, et quand je balayai le terrain du regard pour voir qui avait marqué, je rencontrai les yeux de Daniel fixés sur moi. Je sentis mes joues s'empourprer et je détournai la tête.

— Oh, Lucy ! Il est en train de te regarder ! C'est trop chou ! glapit Beth, et je rougis encore plus. Aïe ! Dylan s'en est rendu compte…

Aïe, en effet… Je jetai un coup d'œil : Dylan, lui, fixait Daniel. Je ne pus déterminer si son regard était hostile ou non.

— Au boulot, les flemmardes ! s'emporta Clarisse.

On reprit l'entraînement en attaquant la chorégraphie la plus complexe, où nous devions toutes soulever Caroline et la lancer dans les airs pendant qu'elle exécutait une acrobatie.

Cependant, quelques instants avant le saut, Caroline trébucha et cria de douleur.

Tout le monde s'immobilisa sur le terrain.

Une seconde plus tard, je vis Dylan se précipiter vers Caroline. Il la prit dans ses bras et l'emmena à l'infirmerie. Je ne l'avais jamais vu aussi préoccupé pour quelqu'un.

— C'est malin ! pestait Clarisse. Comment on va faire sans elle ?

Moi, je ne pensais qu'à Caroline et Dylan. Je détestais l'admettre, mais il semblait vraiment amoureux d'elle. Je compris que lui faire oublier cette fille serait mission impossible.

Dès que l'entraînement fut terminé, je courus à l'infirmerie pour prendre des nouvelles de Caroline… et voir Dylan.

Je le trouvai assis dans la salle d'attente. En me voyant, il se leva d'un bond.

— Et alors ? lançai-je.

— Elle doit rester au calme pendant quelque temps.

— C'est si grave que ça ?

— Non, juste une belle entorse. Elle ne pourra pas faire le show au prochain match, mais elle se remettra vite. Tu sais, pendant qu'on était là-dedans à attendre le médecin, on a bavardé, m'avoua-t-il. Elle avait l'air si adorable, on aurait dit qu'elle était heureuse que je sois là avec elle. Je n'y comprends rien ! Si elle n'en a rien à faire de moi, pourquoi me donner de faux espoirs ? Ça l'amuse de jouer avec mes sentiments ou quoi ?

Face à son air tourmenté, je ne pus me retenir de lui dire :

— Je ne crois pas que Caroline joue avec toi.

Dylan en resta bouche bée tandis que je continuais :

— J'ai entendu dire qu'elle est un peu perdue... Elle veut mieux te connaître pour comprendre ce qu'elle éprouve pour toi.

La tristesse de mon meilleur ami s'envola aussitôt, et son regard s'emplit d'espoir et de détermination. J'étais heureuse de le voir ainsi même si la raison de son bonheur était une autre fille que moi.

17

Pas rapides, cœur brisé…

Je sortis précipitamment du lycée pour filer chez moi et donner libre cours à mes larmes. Je me sentais mal en revoyant l'air effrayé de Dylan après la chute de Caroline. Je voulais m'enfermer dans ma chambre, mettre mes écouteurs, écouter de la musique déprimante et pleurer, pleurer…

Pas rapides, cœur brisé, larmes retenues à grand-peine, envie de rester seule à rêver, de disparaître pour toujours… puis tout à coup, le garçon aux yeux d'émeraude se matérialisa devant moi.

— Lucy…

Daniel me saisit les épaules et souleva mon menton pour me forcer à le regarder.

Je n'arrivais pas à parler. Je n'avais besoin que d'une chose : un câlin. Il le comprit et me prit dans ses bras.

Tout contre lui, je me sentis en sécurité, protégée. Il avait réussi à me faire oublier pendant quelques minutes le vide énorme que je ressentais chaque fois que je me rendais compte que Dylan n'avait d'yeux que pour une autre. C'était étonnant d'être aussi bien avec Daniel, un garçon que je connaissais depuis à peine quelques semaines. Cela dit, il avait déjà beaucoup fait pour moi.

— Je suppose que c'est à cause de lui ? murmura-t-il.

Ce n'était pas difficile à deviner : ma vie tournait continuellement autour de Dylan.

Me gardant serrée contre lui, il me caressa doucement les cheveux.

— Tu ne dois pas pleurer pour un garçon qui n'a pas les mêmes sentiments que toi. Tu ne mérites pas de souffrir pour quelqu'un qui ne sait pas t'apprécier. La vie est pleine de surprises. Tôt ou tard, tu trouveras une personne qui saura te faire sourire, chuchota-t-il au creux de mon oreille. Ça passera…

Je m'écartai de lui pour le regarder dans les yeux.

— Mais je l'aime, Daniel !

Il haussa les épaules sans rien ajouter.

Je souris : ses yeux le trahissaient ; ils révélaient sa véritable nature, sa bonté et sa gentillesse, alors qu'il s'efforçait de donner l'image d'un mec dur et sûr de lui…

— Je dois y aller…, murmurai-je.

— Bien sûr.

Il m'adressa lui aussi un sourire qui fit apparaître la fossette dans sa joue.

Je fis quelques pas, puis je m'arrêtai : il fallait que je le remercie d'avoir dissipé ma tristesse. Je regardai en arrière : immobile, il me suivait du regard.

— Daniel… Merci !

Il me répondit d'un autre sourire.

Je n'eus pas le temps de tourner au coin de la rue qu'une pluie torrentielle s'abattit sur moi. Je me mis à courir et, en passant devant le porche où Daniel et moi nous étions abrités la semaine précédente, je ne pus m'empêcher de sourire à mon tour.

Une fois chez moi, je filai vers ma chambre pour enlever mes vêtements trempés et me plonger dans un bain bouillant. Je m'arrêtai à la porte en voyant Ricky, assis sur le bord de mon lit.

— Qu'est-ce qu'il y a ?

Mon frère ne mettait jamais les pieds dans ma chambre, qui lui rappelait de mauvais souvenirs.

2011 avait été une année très difficile pour Ricky et moi. Nous avions un mal fou à surmonter le divorce de nos parents. Maman avait surpris papa avec une autre femme, et ce fut justement dans cette pièce qu'ils se disputèrent violemment, ce qui mit fin à leur mariage. Ricky et moi avions assisté à cette scène, et depuis, notre vie n'avait plus jamais été la même.

— Rien. Je voulais te parler d'un truc. Mais si tu as autre chose à faire, ce n'est pas grave, balbutia-t-il.

— Non. Raconte..., dis-je, touchée.

Je m'assis à côté de lui.

— Voilà... Il y a une fille à l'école... Je pense qu'elle m'aime bien. C'est Susan Hernandez. Et... je ne sais pas... Moi aussi, je l'aime beaucoup...

Il rougissait comme un gamin ; je ne l'avais jamais entendu parler ainsi d'une fille.

Je connaissais Susan, une fille bien. Très gentille, elle était toujours disponible pour des camarades en difficulté. Ça ne m'aurait pas déplu de voir mon frère avec elle.

Ricky se tut, puis se lança de nouveau :

— Je voudrais lui demander de sortir avec moi, mais je ne veux pas le faire par SMS.

— Alors, demande-le-lui demain, au lycée.

— Je n'ai pas le courage ! Et si elle me dit non ?

— Ricky, si tu lui plais, elle te dira oui !

— Alors, tu crois que c'est à moi de faire le premier pas ?

— C'est toi, l'homme ! Vas-y, et elle te suivra si elle veut. Susan est timide, elle n'osera jamais te le demander elle-même.

Il acquiesça et me sourit. Cela faisait longtemps que je ne l'avais pas vu aussi heureux.

— Et toi, comment ça va avec Dylan ? s'enquit-il. J'ai lu dans ton journal qu'il ne te prête pas la moindre attention.

Je lui lançai un regard furieux : personne n'avait le droit de fouiller dans mon journal !

— Désolé, mais tu l'avais mis sous l'oreiller, et comme je ne savais pas quoi faire, j'ai feuilleté la dernière partie. J'ai souvent pensé à vous deux ensemble, mais d'après ce que tu écris, ça n'a pas l'air de se passer super bien…

— Il préfère une autre fille depuis longtemps. Il n'y a aucun espoir pour moi, Ricky. Si tu voyais comment il change quand elle est là… Son visage s'illumine, ses yeux brillent, il a l'air d'être l'homme le plus heureux de la terre.

— Je n'ai pas besoin de le voir. Je connais cette expression, elle est sur ton visage chaque fois que Dylan est dans les parages. Lucy, d'après moi, tu ne devrais pas te rendre… Il éprouve quelque chose pour une autre, d'accord, mais cette relation pourrait ne pas fonctionner. Si elle n'était pas la fille parfaite qu'il croit ? À ce moment-là, toi, tu seras là pour lui faire comprendre ce qu'est vraiment l'amour.

J'en restai ébahie. Je n'imaginais pas qu'il était aussi sage.

Tu ne devrais pas te rendre. Facile à dire ! Comment ne pas se rendre quand on sait que la bataille est perdue d'avance ?

— Tu es plus forte que tu ne crois, Lucy, conclut mon frère.

Il sourit, et son sourire me réchauffa le cœur.

Notre conversation fut interrompue par Beth, qui poussa la porte de ma chambre.

— Qu'est-ce que tu fais, assise sur ce lit ? Pourquoi tu n'es pas en train de te préparer pour la fête ? lança-t-elle.

— Quelle fête ?

— Celle de Clarisse ! Tu l'as oubliée ?

— Tu sais, ce genre de fête… Merci, je préfère rester chez moi.

— Ah, non ! Tu viens avec moi. Et emmène Ricky, qu'il s'amuse, lui aussi. Dylan et Tyler seront là. Ça va être marrant, tu vas voir, affirma-t-elle, sans réussir à me convaincre.

— Je fonce me préparer ! s'écria Ricky en se précipitant hors de la pièce.

18

« J'aime ta bouche... »

Je n'attendais rien de la soirée : mon envie de m'amuser était égale à zéro. De plus, il y avait Ricky, ravi de participer à une fête chez Clarisse. J'étais sûre que j'allais passer la soirée à le garder à l'œil pour éviter qu'il ne boive. Ma mère péterait les plombs s'il rentrait ivre, et ce serait encore ma faute…

— Je sens que ça va être une soirée géniale pour Tyler et moi ! me dit Beth en chemin. Tu sais, il change, il est plus attentif, plus gentil…

Incroyable ! Elle pensait vraiment que Tyler éprouvait quelque chose pour elle.

— Beth…

Je voulais lui répéter pour la millième fois que Tyler ne faisait que jouer avec elle, mais elle me devança :

— Je sais, Lucy, que c'est un salaud, qu'il se fout de moi et… bla bla bla.

Il n'y avait rien à faire…

— Bon, d'accord, lâchai-je, mais ne dis pas ensuite que je ne t'avais pas prévenue !

Beth changea de sujet :

— J'espère pour toi qu'il y aura Daniel. Quand je pense que j'ai raté votre baiser… Grrr !

Ricky s'arrêta brusquement et me regarda, étonné :

— Tu as embrassé le nouveau ?

— Il est super beau ! Il a de ces yeux…, soupira Beth.

— Les filles de ma classe n'arrêtent pas de dire : « Oh mon Dieu ! Qu'il est beau ! », ou alors : « Tu crois que, si j'utilise la tactique des livres qui me tombent des mains, il me demandera mon numéro, comme dans les films ? »

Ricky singea ses camarades, me faisant rire aux éclats. Je ne savais pas qu'il était aussi doué pour imiter les autres.

Je n'avais pas fait attention aux filles qui tournaient autour de Daniel, je ne savais pas qu'il leur faisait un tel effet. En revanche, je savais parfaitement quelles filles auraient été prêtes à faire n'importe quoi pour conquérir Dylan. Lui-même m'avait confié que plein de nanas lui laissaient des petits mots sous sa table, dans son casier, dans la poche de sa veste… !

— Eh ouais, ta sœur a eu l'honneur d'effleurer ses lèvres ! commenta Beth, le regard rêveur.

Ah, ces lèvres… Un instant, j'eus l'impression de les sentir de nouveau sur les miennes. Je respirais le parfum à la menthe de Daniel, sa main me caressait le visage… Perdue dans ces souvenirs, j'étais encore dans ce couloir, avec cent regards fixés sur moi. Puis, l'image se troubla et à la place des yeux clairs de Daniel apparurent ceux, noirs et profonds, de Dylan…

Cela suffit pour me faire revenir sur terre.

— Nous voilà arrivées ! Allez, la fête commence ! s'écria Beth avec enthousiasme.

Elle se glissa dans la maison, déjà pleine d'ados plus ou moins ivres.

— Tu pourrais faire semblant d'être contente, me suggéra Ricky. Laisse-toi aller, pour une fois, et amuse-toi !

— Ricky, pas la peine de m'embobiner ! Je t'aurai à l'œil toute la soirée.

Je balayai la salle du regard : Dylan était là, accompagné par son meilleur ami. Il était encore plus beau qu'à l'habitude : ses cheveux bruns ébouriffés, la chemise blanche entrouverte sur la poitrine, son pantalon noir serré sur les chevilles. S'il l'avait voulu, ce soir, il aurait pu avoir toutes les filles à ses pieds.

— Lucy, essuie la bave qui te coule de la bouche, me chuchota mon frère à l'oreille.

C'est vrai que je le regardais, béate. Mais c'était plus fort que moi : Dylan était synonyme de perfection.

— Lucy ! Qu'est-ce que tu fais ici ? s'étonna-t-il.

— C'est Beth qui m'a obligée à venir.

« Et puis, j'étais sûre que tu serais là », ajoutai-je pour moi-même.

— Beth est arrivée ? demanda Tyler avec un sourire malicieux. Alors, j'y vais !

Sur ce, il fila à grands pas pour retrouver ma meilleure amie.

Je grognai en levant les yeux au ciel, agacée.

Dylan posa la main sur mon épaule.

— Lucy, je lui ai encore parlé, et il m'a promis d'être correct avec Beth.

J'espérais qu'il ne me le disait pas juste pour me tranquilliser…

— Oh non, Ricky n'est plus là ! gémis-je.

Dylan continua sur son ton rassurant :

— C'est un grand garçon, Lucy. À seize ans, il peut se débrouiller sans un garde du corps.

Ricky, un grand garçon ? Trop drôle ! Cependant je décidai de lui faire confiance et de le laisser s'amuser.

En entrant dans la salle où les gens dansaient, je passai devant la banquette où Daniel m'avait adressé la parole la première fois. Je me souvins d'avoir pensé que c'était quelqu'un d'antipathique et ennuyeux. Je m'étais bien trompée...

Je constatai avec surprise que j'espérais qu'il serait là. Il me tiendrait compagnie pendant que Dylan parlerait avec ses potes de sujets de mec dont je n'avais rien à faire.

En entrant, nous fûmes assaillis par une vague d'air chaud irrespirable.

— Tiens, prends ça, il faut que tu te détendes ! me lança Dylan.

Je refusai le verre qu'il me proposait, et il n'insista pas. Il me connaissait assez pour savoir que c'était inutile. D'ailleurs, mon refus n'eut pas l'air de lui déplaire, au contraire : il vida les deux verres d'un trait.

— On va danser ? demanda-t-il.

— Pourquoi pas !

On réussit à se frayer un passage parmi les gens en sueur, agglutinés les uns aux autres, et on se mit à danser, tant bien que mal. Nous avions peu de place ; je commençai à manquer d'air. Dylan, très à l'aise, levait les bras et chantait à tue-tête les paroles de la chanson. Il avait l'air d'un dieu descendu sur terre. D'ailleurs, je n'étais pas la seule à le remarquer : un petit groupe de filles au bar ne le lâchait pas des yeux.

Il ne semblait pas s'en rendre compte ; il ne pensait qu'à s'amuser.

On dansa un bon moment, avec Beth et Tyler, qui nous avaient rejoints. Ils n'arrêtaient pas de s'embrasser ; ça me donnait envie de vomir.

Je m'éloignai pour prendre l'air. Au moment où je sortais dans le jardin, je tombai sur Daniel.

Il éclata de rire en me voyant.

— Tu es venue essayer un autre Long Island, ou tu optes pour une simple bière, cette fois-ci ?

— Tu n'es pas sympa, dis-je en le plantant là.

L'air frais me fit du bien.

— Qu'est-ce que tu fais ici ?

Daniel m'avait suivie !

— On m'a obligée à venir. Je déteste ces fêtes.

— Je m'en doute. Tu n'as pas l'air de quelqu'un qui aime beaucoup s'éclater, dit-il en s'asseyant sur un banc.

— Eh bien, figure-toi que j'ai dansé tout le temps, et que je me suis bien amusée.

— Oui… j'imagine.

Il rit encore.

J'allai m'asseoir près de lui.

— Caroline n'est pas là ce soir, m'apprit-il.

— Tant mieux.

— Elle n'est pas si mal, cette fille. Elle est douce, sympa, gentille… Et mignonne ! commenta Daniel.

— C'est justement pour ça que je ne la supporte pas ! Elle est parfaite. Moi, je ne serai jamais comme elle…

Daniel me fixa quelques instants, puis il murmura :

— Tu n'as pas besoin d'être comme elle. Tu es parfaite telle que tu es.

« Dis-lui quelque chose. Allez, dis-lui quelque chose », me répéta ma petite voix intérieure. Rien à faire : mes lèvres semblaient scellées, mes yeux n'arrivaient pas à se détacher des siens.

Beth arriva juste à temps pour me tirer d'embarras :

— Lucy, viens, Dylan ne va pas bien !

Je sautai sur mes pieds et la suivis en courant.

Dylan était assis sur un canapé, pâle, les paupières closes.

— Qu'est-ce qui s'est passé ? demandai-je à Clarisse, qui se tenait à côté de lui.

— Il a trop bu, répondit-elle. Emmène-le dans ma chambre. Qu'il s'allonge sur le lit et dorme un peu.

Il fallut que je me fasse aider par Taylor pour le mettre debout et le traîner à l'étage.

Une fois seule avec Dylan, je m'assis au bord du lit et je tendis la main pour remonter une mèche rebelle de ses cheveux. C'est à cet instant qu'il ouvrit les yeux et regarda autour de lui.

— Il faut que j'aille pisser.

Il se leva et alla à la salle de bains attenante.

J'en profitai pour regarder la chambre de Clarisse, très belle, avec un mobilier ultramoderne.

Dylan revint quelques secondes plus tard. Il se laissa tomber au bord du lit et se mit à me fixer intensément. Je me sentais défaillir.

Il se lécha lentement la lèvre inférieure et murmura d'une voix rauque :

— J'aime ta bouche…

Il se pencha vers moi jusqu'à ce que je sente sa respiration sur mon visage. Puis ses lèvres se posèrent sur les miennes.

Je devais être en train de rêver !

19

« Merci, Caroline. »

Ça ne pouvait pas être réel ! Bientôt, j'allais me réveiller de ce rêve merveilleux…

Mais non. Mon meilleur ami m'embrassait toujours pendant que mon cœur battait à mille à l'heure. C'était trop beau pour être vrai ! Je savais que ça ne durerait pas, mais cela n'avait pas d'importance. Seule comptait la magie de cet instant.

Dylan s'écarta quelques instants, les yeux fixés sur moi, examinant chaque partie de mon visage pour ensuite se focaliser de nouveau sur ma bouche.

Je respirai à fond et rassemblai tout mon courage pour me pencher vers lui et l'embrasser.

Je pris son visage entre mes mains, tandis qu'il glissait les siennes jusqu'à ma taille pour me mettre à califourchon sur lui. Je plongeai mes mains dans ses cheveux.

C'était un moment parfait, celui que j'attendais depuis si longtemps. Et c'est justement là que quelqu'un frappa à la porte.

Je me séparai de lui à contrecœur et allai ouvrir. Je me retrouvai devant Clarisse et Caroline.

— Il faut que vous partiez tout de suite ! s'écria Clarisse. Les voisins ont prévenu mes parents ; ils arrivent ! Vous avez cinq minutes pour vous bouger les fesses !

Submergée par la déception, je retournai auprès de Dylan, qui s'était effondré sur le lit.

— Comment va-t-il ? demanda Caroline.

— Il vient de s'endormir.

Caroline s'approcha et écarta une mèche de cheveux de son front. Elle l'observa, l'air fascinée.

— Euh… je crois qu'il est temps de le sortir d'ici, dis-je, troublée.

Je secouai le bras de Dylan, qui se réveilla aussitôt. Il ouvrit les yeux et regarda autour de lui, l'air égaré.

— Qu'est-ce qui se passe ?

— On doit s'en aller ! Les parents de Clarisse arrivent, lui expliqua Caroline.

Dylan rougit de honte en voyant sa dulcinée. Il mit pied à terre mais, dès qu'il essaya de faire un pas, il perdit l'équilibre.

Il eut besoin de notre aide pour tenir debout et descendre l'escalier : mission difficile, car il ne collaborait pas du tout.

— Combien de verres a-t-il bu ? fit Caroline.

— Aucune idée.

J'avais déjà vu Dylan boire plein de fois, mais je ne le croyais pas capable d'en arriver là.

Le salon de Clarisse était vide. Comment avait-elle pu renvoyer tout le monde en aussi peu de temps ? Seules ses amies étaient restées pour effacer les traces du bazar laissé par les invités.

Dans le jardin, je vis Daniel, qui s'apprêtait à partir.

— Que se passe-t-il ? demanda-t-il d'un air soucieux.

— Dylan est saoul ; tu nous donnes un coup de main ?

— Laisse-moi faire !

Il porta Dylan jusqu'à sa voiture et l'allongea sur la banquette arrière. Caroline s'installa près de lui avant que je puisse le faire moi-même. Grrr ! Dylan posa la tête sur ses cuisses, et elle se mit à lui caresser le front. La jalousie me dévorait. Si j'avais pu, je l'aurais sortie de force pour prendre sa place.

Daniel posa sa main sur la mienne.

— Viens, on va le ramener chez lui, dit-il.

— Je ne peux pas ! Ricky n'est pas là.

J'avais gardé mon frère à l'œil une bonne partie de la soirée, puis il avait disparu quand je m'occupais de Dylan. Je ne l'avais plus revu, et je ne pouvais pas rentrer sans lui, ma mère ne me le pardonnerait pas.

— Il arrive, dit Daniel.

— Ah oui, et comment tu le sais ?

— Je lui ai demandé de se pointer là. Il ne va pas tarder, m'expliqua-t-il en regardant l'heure sur son portable.

Je lui ai demandé de se pointer là. C'était adorable ! Daniel et moi étions en train de devenir de grands amis, et le fait qu'il avait pensé à moi me fit du bien. Ces simples paroles me firent oublier ma jalousie pendant quelques instants.

Mon frère arriva tout essoufflé quelques instants plus tard :

— Les parents de Clarisse sont là ! Filons !

Il sauta dans la voiture, et Daniel démarra.

— Dylan ne va pas bien du tout, lâcha Caroline. Il faut commencer par le ramener chez lui.

— Oui, d'accord. Où est-ce qu'il habite ? demanda Daniel.

Caroline et moi répondîmes en même temps. Qu'est-ce qu'elle m'agaçait, celle-là. Je respirai à fond et réussis à me calmer.

Quelques minutes plus tard, nous nous trouvions devant chez Dylan. Sa tête était toujours posée sur les genoux de Caroline, qui lui caressait les cheveux.

— Et maintenant ? fit Ricky.

— Ses parents sont là. Si sa mère le voit dans cet état, ça va mal finir pour nous tous, dis-je.

La mère de Dylan était la personne la plus adorable au monde, mais elle était aussi incroyablement protectrice en ce qui concernait son fils.

— Il y a une autre porte pour entrer ? se renseigna Daniel.

— Oui. À l'arrière, il y a une deuxième porte qui donne sur la cuisine, répondis-je. D'habitude, ils ne la ferment que la nuit. À cette heure-ci, les Anderson doivent être dans le salon en train de regarder la télé. La chambre de Dylan est au deuxième étage.

— Parfait. On va se diviser, décida Daniel. Ricky et Caroline vont distraire les parents : sonnez à la porte, inventez une excuse, et mettez-vous à bavarder avec eux, tandis que Lucy et moi, on emmène Dylan dans sa chambre.

Avec un peu de chance, ça pouvait marcher. Ricky était doué pour raconter des salades, j'étais sûre que sa performance avec les Anderson serait impeccable. La seule à ne pas sembler convaincue était Caroline, qui ne quittait pas Dylan des yeux.

— Bon, on y va ? lança Daniel.

On suivit ses indications et, une fois Dylan extirpé de la voiture, on le traîna avec la plus grande prudence vers l'arrière de la maison. On se mit en position devant la porte dans l'attente du coup de sonnette.

Pendant ce temps, Dylan regardait autour de lui sans comprendre.

— Qu'est-ce qu'on fait ? demanda-t-il d'une voix pâteuse.

— On veut te ramener dans ta chambre sans que ta mère te voie dans cet état. Essaie de collaborer, lui dis-je.

— Ah… Maman ! Ouvre, on est…

Heureusement, la sonnette retentit à cet instant.

— Tu fais quoi, mon pote ? demanda Dylan à Daniel, qui lui avait mis la main sur la bouche.

— Dylan, je le dis pour ton bien : tais-toi ! lui souffla celui-ci avant d'ouvrir la porte de la cuisine.

Une fois dans la maison, on se glissa vers l'escalier. Traîner Dylan à l'étage tout en l'empêchant de parler était un exploit.

Tant bien que mal, on réussit à l'allonger sur le lit.

— C'est sûr, il aurait pu moins boire, commenta Daniel en faisant mine de sortir.

Dylan en profita pour se redresser. Quand je me penchais sur lui pour le forcer à se rallonger, il me surprit en m'embrassant une nouvelle fois.

Puis il s'écarta et murmura :

— Merci, Caroline.

J'aurais juré entendre le vacarme de mon cœur qui se brisait en mille morceaux.

— Lucy, viens, on s'en va, chuchota Daniel, dont j'avais complètement oublié la présence.

J'étais troublée : Dylan m'avait-il prise pour Caroline auparavant aussi ?

— Lucy..., insista Daniel.

On sortit de la maison sans se faire remarquer, grâce à la performance de grand acteur de Ricky. Je devais apprendre par la suite qu'il avait prétendu qu'il n'avait pas de réseau pour son portable et avait improvisé un coup de fil à notre mère qui était la meilleure amie de Mme Anderson.

Pendant que nous attendions Caroline et Ricky dans la voiture, je me retenais de pleurer. J'avais le moral dans les chaussettes. Je savais que la fête de Clarisse serait un désastre, mais pas à ce point...

— Tout va bien ? demanda Daniel.

Je secouai la tête. Je ressentais un vide immense, comme si on m'avait arraché une partie de moi-même. J'aurais voulu crier, pleurer, m'enfuir pour tout oublier. Mais je ne pouvais pas : fuir les problèmes ne sert à rien.

Daniel me prit la main.

— Lucy ?

— Ce soir, Dylan m'a embrassée... Je veux dire, avant, à la fête de Clarisse, lui avouai-je.

Daniel retira sa main et détourna le regard. Un silence embarrassant tomba dans l'habitacle.

— Et pourquoi tu as le moral à zéro ? dit Daniel au bout de quelques minutes.

— Il vient de me prendre pour Caroline… Il a peut-être cru que j'étais Caroline avant aussi ?

Le dire faisait encore plus mal, et j'éclatai en sanglots.

L'espoir que Dylan éprouve quelque chose pour moi s'amenuisait, comme le souvenir de ses lèvres sur les miennes.

— Ne pleure pas, murmura Daniel en essuyant les larmes qui coulaient sur mes joues. Tout s'arrangera, tu verras. Je suis sûr qu'il s'en souviendra. Et si ce n'est pas le cas, tu te chargeras de lui rappeler ce qu'il perd.

Les paroles de Daniel étaient du baume pour mon cœur brisé. Je me penchai vers lui et le serrai fort contre moi. J'avais besoin de réconfort ou, plutôt, j'avais besoin d'une personne comme lui.

20

On aurait dit qu'il était jaloux !

J'aime le dimanche. C'est le seul jour de la semaine où le réveil ne sonne pas, où Ricky ne crie pas dans la maison à la recherche de ses chaussettes, où ma mère n'entre pas dans ma chambre pour me tirer du lit. D'habitude, c'est aussi le seul jour où mon portable n'est pas allumé.

Mais ce dimanche-là, j'avais oublié de l'éteindre.

La soirée précédente, j'étais sur un petit nuage jusqu'à ce que Dylan me dise : « Merci, Caroline. » J'avais bêtement cru que nous étions proches, que mes sentiments étaient partagés. Or il n'avait d'yeux que pour Caroline, son véritable amour.

Ce jour-là, je fus réveillée par la sonnerie de mon téléphone. Qui était le crétin qui m'appelait un dimanche matin ? Toute pensée négative s'évanouit sur-le-champ quand je vis « Dylan » s'afficher sur l'écran.

« Pourquoi m'appelle-t-il ? Et s'il voulait des explications pour hier soir ? »

Ces questions, et tant d'autres, se bousculaient dans mon esprit tandis que j'hésitais à répondre à mon meilleur ami.

— Allô ? finis-je par dire d'une voix tremblante.

— Lucy. Tu dormais encore ? demanda sa voix ensommeillée.

Je respirai à fond et m'assis au bord de mon lit, le cœur battant la chamade. Aucun de ses appels ne m'avait jamais rendue aussi anxieuse.

— Non. Qu'est-ce qu'il y a ?

— Eh bien, je me suis réveillé avec un mal de crâne atroce, et sans aucun souvenir de la fête d'hier. Je me rappelle juste que j'étais avec toi. Alors, je me demandais si tu pouvais me raconter ce qui s'était passé..., balbutia-t-il.

Je paniquai : que pouvais-je lui dire ?

— Tu te rappelles quoi, exactement ?

— Juste qu'on était en train de danser, puis que tu es partie. Ensuite, le néant.

Il ne se souvenait pas qu'on s'était embrassés ! Fallait-il que je lui en parle ? Je cherchai une excuse plausible pour gagner un peu de temps et y réfléchir. Si je lui disais la vérité, les choses risquaient de changer entre nous, et, ça, je ne le voulais pas.

— Euh..., marmonnai-je. Moi non plus, je ne me rappelle pas tout. J'étais aussi saoule que toi.

Je me maudis aussitôt pour l'énorme connerie que je venais de dire. Moi, saoule ? Personne ne tomberait dans le panneau, surtout pas Dylan, qui savait très bien que je n'étais pas ce genre de fille.

— Lucy Sanders saoule ? Je n'arrive pas à croire que j'ai raté ça ! s'esclaffa-t-il. De toute façon, je ne t'appelle pas que pour ça. Comme aujourd'hui je n'ai rien à faire, je pensais qu'on aurait pu aller au ciné. Ça te dit ?

Je n'aurais jamais renoncé à une virée au cinéma avec Dylan. J'adorais voir et commenter les films avec lui.

— Bien sûr !

— On n'a qu'à faire une sortie à plusieurs. Appelle ton copain… machin… c'est quoi son nom, déjà ?

— Daniel, dis-je, et je me mordis la lèvre pour ne pas rire de son ton embêté.

Il faisait semblant de ne pas se rappeler son nom !

— Oui, lui. À tout à l'heure.

Dès qu'il eut raccroché, j'envoyai un message à Daniel et à Beth.

Je me préparai rapidement, tandis que Daniel et Beth me confirmaient leur venue. Pour le choix du film, je me fiais à Dylan : nous avions les mêmes goûts en matière de films, séries télé et livres.

Je vérifiai l'heure : Dylan et Tyler n'allaient pas tarder à venir me prendre. En les attendant, je me promis de passer mon permis le plus tôt possible. Je ne voulais pas continuer à dépendre de mes amis ou des transports publics.

Lorsque j'entendis le klaxon, je courus dehors. Mais la voiture qui m'attendait n'était pas celle de Tyler.

Je ne reconnus pas l'homme assis au volant jusqu'à ce que la vitre se baisse. Mon père ! Il n'avait pas beaucoup changé depuis la dernière fois que je l'avais vu : il avait juste quelques rides en plus, et des fils blancs apparaissaient dans ses cheveux.

Qu'est-ce qu'il fichait là ? Je me passais très bien de sa présence depuis le jour où il était parti en claquant la porte !

Trois ans s'étaient écoulés, mais les souvenirs et la colère à son égard étaient encore vifs dans ma tête et dans mon cœur.

Ne sachant pas quoi faire, je restai figée au milieu du jardin qui bordait le trottoir.

Il descendit de voiture, et je reculai. Je n'avais aucune intention de lui parler. Je n'avais pas besoin de ses explications : j'étais au courant de ce qui s'était passé, ma mère me l'avait appris le soir même.

— Lucy…, murmura-t-il.

Il me regardait avec les yeux brillants. Il avait l'air triste, comme s'il souffrait de ne pas nous voir. Alors, pourquoi nous avait-il abandonnés ? Pourquoi n'avait-il jamais essayé de renouer les rapports avec Ricky et moi ?

L'arrivée des garçons me sortit de l'embarras. Dylan descendit aussitôt de voiture et me rejoignit.

Il me serra dans ses bras d'un geste protecteur et fixa d'un air menaçant l'homme qui se tenait devant nous.

Évidemment, Dylan savait tout. Le lendemain de cette horrible soirée, j'avais tout de même décidé d'aller au lycée, croyant être assez forte pour retenir mes larmes. Je me trompais. Pendant le cours de maths, j'avais soudain éclaté en sanglots et je m'étais enfuie de la classe. Dylan m'avait suivie. Nous nous étions assis sur un banc de la cour, je lui avais tout raconté et il m'avait consolée, comme lui seul savait le faire.

— Je veux juste te parler, Lucy, dit mon père.

— Je ne crois pas que ce soit le bon moment, répliqua Dylan.

Mon père secoua la tête avant de s'éloigner sans rien ajouter d'autre.

Ce n'est que lorsque sa voiture fut sortie de mon champ visuel que je sentis ma respiration se calmer et les battements de mon cœur reprendre leur rythme normal. Je me serrai un peu plus contre Dylan.

— Tout va bien, chuchota-t-il en me caressant les cheveux.

Les larmes coulaient sur mes joues. Il s'était passé trop de choses en si peu de temps, je n'arrivais plus à me contrôler.

— Ne pleure pas. Il ne reviendra pas, m'assura Dylan d'une voix douce.

Peut-être avait-il raison, peut-être mon père ne reviendrait-il plus après avoir vu ma réaction. Pourtant, je sentais qu'il n'allait pas se rendre. Il y avait eu tant de détermination dans son regard...

Je me ressaisis et montai dans la voiture de Tyler. Dylan vint s'asseoir derrière avec moi et pendant tout le trajet il ne lâcha pas ma main.

En temps normal, ce geste m'aurait poussée à m'interroger sur ses sentiments à mon égard, mais, cette fois, je ne lui accordai pas autant d'importance. Je ne cessais de penser à mon père. Que me voulait-il ? Qu'y avait-il à dire de plus que ce que je savais déjà ? Quoi que ce soit, je n'avais pas l'intention de gâcher ma dernière année scolaire avec des problèmes familiaux.

Daniel et Caroline nous attendaient déjà devant le cinéma. J'avais espéré que Dylan ne l'inviterait pas...

Je sentais que cette soirée allait être décisive pour Caroline et Dylan.

Je leur dis bonjour comme si de rien n'était ; cependant Daniel comprit aussitôt que quelque chose n'allait pas…

— Tout va bien ? demanda-t-il en se penchant pour me regarder dans les yeux.

Je ne savais pas quoi lui dire.

— Oui, tout va bien, allons-y ! répondit Dylan à ma place, l'air contrarié et énervé.

Puis il me prit la main et m'entraîna à l'intérieur.

Je le suivis, surprise : on aurait dit qu'il était jaloux !

Il ne lâcha pas ma main une seule seconde. Ce contact m'aidait à oublier ce qui était arrivé.

Ça me faisait plaisir que Dylan tienne autant à moi. Il était troublé, lui aussi, à cause de mon père ; je le sentais proche de moi.

J'étais heureuse qu'un lien existe entre nous, malgré tout, un lien que personne ne serait jamais en mesure de briser.

Du moins, c'était ce que je croyais alors…

21

Il ne l'avait même pas saluée !

Dylan avait choisi un film très sympa. Pourtant je n'arrivais pas à suivre ; trop de pensées me trottaient dans la tête. D'une part, il y avait la rencontre avec mon père et tous les souvenirs qui remontaient à la surface ; de l'autre, Dylan qui, pendant toute la soirée, ignora Caroline pour me consacrer toute son attention. Il ne l'avait même pas saluée ! Il avait continué de me serrer la main et avait devancé Daniel, qui voulait s'asseoir près de moi.

Pourquoi ne comprenait-il pas qu'il ne faisait que m'embrouiller les idées ? Pourquoi ne voyait-il pas que le simple fait de me serrer la main avait un sens plus profond pour moi ?

Les lumières se rallumèrent et l'inscription « Entracte. Reprise du film dans cinq minutes » apparut sur le grand écran. Je me levai : j'avais besoin d'air.

— Où vas-tu ? fit Dylan.

— Aux toilettes. Je reviens tout de suite.

J'esquissai un sourire pour lui faire comprendre que tout allait bien.

Une fois sortie du cinéma, je respirai à fond et j'essayai de ravaler les larmes qui se pressaient depuis trop longtemps au bord de mes paupières.

Je poussai un cri lorsque je sentis une main se poser sur mon épaule.

— Hé, tout va bien ? Tu n'étais pas dans les toilettes ; alors, j'ai pensé que je te trouverais dehors, fit Caroline en souriant.

Je me crispai : s'il y avait une personne que je ne voulais pas voir en ce moment, c'était elle.

— Dylan m'a demandé de rester avec toi. Il paraît que tu ne vas pas bien, reprit-elle avec gentillesse.

« Je rêve ! Mais qu'est-ce qu'il a dans la tête ? » me dis-je tandis que j'allais vers les toilettes flanquée de Caroline, qui jouait les gardes du corps. Je me sentais vraiment mal, et ce n'était certainement pas grâce à elle que ça irait mieux.

Je m'approchai du lavabo et m'aspergeai le visage d'eau fraîche.

— Tu veux un comprimé contre le mal de tête ? proposa Caroline, qui se mit à fouiller dans son sac.

— Non, je n'ai besoin de rien. Je voulais juste prendre un bol d'air frais.

Je m'adossai au mur et fermai les yeux quelques instants.

— Je peux te demander quelque chose ? reprit Caroline.

— Bien sûr.

— Tu crois vraiment que j'ai une chance avec Dylan ?

Ce n'était pas la première fois que j'entendais cette question et ce n'était pas la première fois que je ne savais pas quoi répondre.

— Lucy, je suis complètement perdue ! soupira-t-elle. Parfois, j'ai l'impression que c'est réciproque. Il m'appelle, me dit des trucs gentils, me demande de sortir, ne me quitte pas des yeux quand on est au lycée... D'autres fois, par contre, c'est comme si je n'existais pas...

Je comprenais parfaitement ce qui se passait. Je détestais l'admettre, mais Caroline et moi étions très semblables. La différence, c'était que Dylan éprouvait pour elle, et seulement pour elle, quelque chose qui allait bien au-delà de la simple amitié. J'aurais dû le lui dire, mais j'étais trop égoïste pour le faire.

— D'autres fois ? dis-je.

— Oui, comme ce soir. Tu es sûre qu'il n'est pas amoureux de toi ? Vous êtes amis, vous vous connaissez depuis tout petits. Vous avez grandi ensemble, vous vous êtes confiés l'un à l'autre, vous avez partagé tant de choses... ça crée des liens super forts...

Elle s'interrompit et soupira de nouveau.

— ... Ce soir, il ne te quitte pas. Il te tient contre lui comme s'il était ton petit ami ! Je suis jalouse..., avoua-t-elle.

Mêmes doutes, mêmes pensées... Cette fille était ma jumelle ! Nous étions toutes deux obsédées par l'idée que Dylan était amoureux de l'autre.

— Désolée. Je n'aurais pas dû te dire ça, murmura-t-elle.

— Pas de problème. Dylan reste avec moi parce que, avant qu'on vienne ici, il s'est passé quelque chose… Mais ça ne veut pas dire qu'il éprouve quelque chose pour moi.

Pour toute réponse, elle me serra la main en me regardant de ses grands yeux bleus.

Quand nous regagnâmes la salle, la projection avait déjà repris.

Dylan se pencha vers moi pour me murmurer à l'oreille :

— Ça va mieux ? Je savais que parler avec Caroline te ferait du bien !

Quoi, quoi ? Il pensait vraiment que Caroline était la personne qu'il fallait pour me remonter le moral ? Pas Beth, pas Daniel ou Tyler, mais Caroline ? C'était à se demander s'il n'avait pas un sérieux problème mental…

Les lumières se rallumèrent enfin. Je serais bien rentrée chez moi pour éviter de nouvelles surprises, mais les autres traînèrent dans le hall à discuter du film, des scènes les plus belles, de celles que j'aurais préféré ne pas voir… Tyler, qui avait lu le livre dont le film était l'adaptation, se lança dans la comparaison entre les deux. Dylan l'écoutait avec intérêt ; il adorait ce genre d'analyse. Au bout d'une demi-heure, je sortis.

Dès que l'air frais me caressa le visage, l'oppression que je ressentais disparut.

— Qu'est-ce qui s'est passé ? fit une voix derrière moi, belle et profonde.

Daniel ! Il me fixait de ses yeux couleur d'émeraude.

— Rien.

— Ho ! Je te connais peut-être depuis peu, mais je sais que tu mens.

J'hésitai… Les seules personnes qui savaient tout de moi et de ma famille étaient Dylan et Beth. Pourtant, je sentais que je pouvais faire confiance à Daniel.

— Pas envie d'en parler ici…

— Alors, allons dans un endroit plus tranquille. J'en connais un qui te plaira, tu verras.

Il me fit un clin d'œil.

— Et les autres ?

— Ils devineront qu'on est partis ensemble. Allez, dépêche !

Je le suivis jusqu'à sa moto et j'enfilai le casque qu'il me tendait. Je l'observai tandis qu'il mettait le sien et s'installait, puis je me hissai derrière lui et passai les bras autour de sa taille, tandis qu'il démarrait.

Je fermai les yeux : aussitôt, tous mes soucis se dissipèrent, comme si filer sur cette moto m'éloignait de mes pensées angoissantes.

Je laissai le vent me caresser le visage, blottie contre Daniel.

Il finit par s'arrêter le long de la plage, sur un parking éclairé par la faible lueur d'un unique lampadaire.

— Il n'est pas un peu tard pour se baigner ? plaisantai-je, détendue.

— Tard ? Ce mot-là ne fait pas partie de mon vocabulaire.

Il enleva son casque en riant, puis me prit la main pour m'emmener sur le sable.

La lune se reflétait dans les vagues qui s'échouaient sur la rive. J'ôtai mes chaussures et on s'approcha de l'eau.

— J'aime la mer la nuit, murmura Daniel.

— Moi aussi… Si j'oublie le vent glacial, les ténèbres inquiétantes et la probabilité de tomber sur un serial killer, dis-je.

— Tu regardes trop de films et de séries télé ! s'esclaffa-t-il.

J'aimais le faire sourire ; une adorable fossette apparaissait alors sur sa joue.

— Je suis complètement fan. Tu ne peux pas comprendre, dis-je, feignant d'être vexée.

Il s'étendit sur le sable, croisa les bras sous sa tête et se mit à observer le ciel, comme s'il s'y passait quelque chose d'extrêmement intéressant.

— Tu as l'intention de rester plantée là à me regarder pendant toute la soirée ? lança-t-il, amusé.

Je m'allongeai à côté de lui. Il soupira et dit :

— Je viens ici tous les soirs. C'est si tranquille ! Tu ne trouves pas ça relaxant ? Juste le bruit des vagues et un ciel constellé d'étoiles. C'est l'un des rares endroits de Cannon Beach où il n'y a pas de pollution lumineuse.

— Je n'ai pas l'habitude de venir à la mer de nuit, mais je reconnais que ce n'est pas mal du tout…, dis-je en contemplant le ciel, moi aussi.

— Qu'est-ce que tu avais, tout à l'heure ? demanda-t-il.

— Avant d'aller au cinéma, j'ai vu mon père. Cela faisait des années qu'on n'avait plus de nouvelles, et… je ne sais pas… c'était bizarre de le revoir après tout ce temps.

Il se tourna vers moi.

— Et pourquoi il avait disparu ?

— Il nous a abandonnés. Un soir, il y a trois ans, il a eu une dispute terrible avec ma mère. Ricky et moi, on s'est enfuis à l'étage pour ne pas les entendre crier. Ce soir-là, il est sorti de chez nous en hurlant qu'il ne nous supportait plus. Puis maman m'expliqua qu'il ne l'aimait plus et qu'il voulait retrouver sa liberté. Maintenant, il a une autre famille, une nouvelle vie. Je ne comprends pas pourquoi il est revenu. J'espérais ne plus jamais le revoir…

Je frissonnai à cause du froid, et peut-être aussi à cause de ces souvenirs douloureux. Daniel se redressa, enleva sa veste et me la tendit :

— Tiens. Il fait drôlement froid ; je ne veux pas que tu tombes malade, pas envie de t'avoir sur la conscience !…

J'enfilai sa veste.

— Tu m'excuseras, ton père est un pauvre type, lâcha-t-il. Abandonner ta famille sous prétexte qu'on a besoin d'espace, franchement, c'est nul.

Il avait raison, mais je n'avais pas envie de parler de mon père. Je me levai et m'approchai de l'eau.

Daniel me rejoignit, surpris.

— Qu'est-ce que tu fais ?

En guise de réponse, je lui envoyai un paquet d'eau glaciale dans la figure.

La situation dégénéra très vite. Cinq minutes plus tard, nous étions trempés de la tête aux pieds et pliés de rire. Cette soirée était juste parfaite !

Soudain, Daniel s'approcha par-derrière, m'enserra la taille, me souleva et me fit tournoyer. Lorsque mes pieds se posèrent de nouveau sur le sable, je me retournai et le dévisageai, surprise.

Le clair de lune permettait de voir l'ombre de sa fossette, craquante.

Il aurait pu se passer n'importe quoi cette nuit-là, je le compris au moment où il regarda mes lèvres et se pencha vers moi lentement…

C'est à ce moment-là qu'une vague s'abattit sur nous avec force, me soulevant carrément dans les airs. Le charme était rompu.

Daniel éclata de rire et me prit par la main pour me conduire jusqu'à sa moto.

Une fois devant chez moi, il s'esclaffa encore.

— J'ai jamais vu une vague pareille !

— Très marrant, Daniel. Vraiment. Eh bien, la prochaine fois que je te suivrai, ce sera en été, par une belle journée ensoleillée sans vent.

— Ça alors ! C'est une invitation à sortir ?

Je levai les yeux au ciel, le sourire aux lèvres. Je me rendis compte que je souriais ainsi depuis des heures.

— On a passé une bonne soirée tous les deux. On n'aurait pas dû aller au ciné, commenta Daniel.

— C'est vrai. Tiens, ta veste. Merci de me l'avoir prêtée.

— Il faut que je parte, il est très tard. Bonne nuit, Lucy, murmura-t-il en me prenant dans ses bras.

Qu'est-ce qui aurait pu conclure une soirée aussi parfaite ? La réponse arriva quelques secondes plus tard, quand nos lèvres se rencontrèrent.

C'est alors que je réalisai à quel point j'avais envie de ce baiser. Mon corps fut parcouru de frissons, et une idée insolite m'effleura l'esprit : Daniel pouvait-il me faire oublier Dylan ?

22

Cela était-il important pour moi ?

Vous connaissez cette sensation quand un matin, soudain, sans raison apparente, vous vous réveillez avec une incroyable envie de vous lever, sortir, aller à l'école, étudier, voir vos amis… une envie de vivre à plein régime, en profitant de chaque instant, même le plus insignifiant ? Eh bien, moi, je ne la connaissais pas.

Ce qui m'était familier, c'était plutôt l'envie de disparaître de la surface de la terre pour éviter les problèmes que, je ne le comprends que maintenant, je me créais seule, comme tous les ados. À cette époque, la seule chose que je souhaitais était grandir le plus vite possible, comme si, avec l'âge, la vie pouvait se simplifier…

Si j'avais eu conscience que ce n'était pas le cas, les choses se seraient déroulées autrement cette année-là.

À cette époque, ma vie était pleine de « peut-être ».

Peut-être que Dylan éprouve la même chose que moi, *peut-être* pas. *Peut-être* que je devrais lui déclarer ma flamme. Mais *peut-être* que ça détruirait notre amitié. *Peut-être*… J'avais tant besoin d'un élément stable, d'un point de repère !

Ce matin-là, je me sentais mal ; mon envie d'affronter la journée était inexistante, en partie parce que je ne savais pas comment me comporter avec Daniel.

Notre baiser m'avait fait perdre les pédales. Pendant toute la nuit, je m'étais cassé la tête à chercher des réponses à trois questions très simples. La première : « Pourquoi j'ai répondu à son baiser ? » La deuxième : « Cela comptait-il pour lui, ou n'était-ce qu'un jeu ? » Et enfin, peut-être la plus importante : « Cela était-il important pour moi ? »

Je m'étais tournée et retournée dans mon lit sans réussir à fermer l'œil. Je savais que c'était idiot de s'en faire à ce point, dans le fond, il ne s'agissait que d'un baiser… Mais, en fait, ce qui me tracassait, c'était que, pour la première fois, un garçon avait été en mesure de me faire oublier Dylan. J'avais bien eu quelques petits amis, mais aucun ne l'avait chassé de mon esprit et de mon cœur, ne serait-ce qu'un instant.

Avec Daniel, c'était différent… Quand nous étions ensemble, j'arrivais à oublier Dylan. Cependant, même si cela avait été très agréable, je craignais que cela ne m'attire des problèmes…

Je sortis de ma douche en grelottant. J'aurais préféré passer la journée entière bien au chaud dans le nuage de vapeur qui s'était créé dans la cabine. Ce matin, j'avais l'impression que le temps passait plus lentement, ce qui me convenait très bien, parce que j'appréhendais de voir Daniel, même si j'étais curieuse de savoir comment il allait se comporter après ce qui s'était passé entre nous… J'avais le cerveau en ébullition.

Une fois prête, je sortis de chez moi pour attendre Beth, qui devait passer me prendre. J'avais besoin de parler à quelqu'un, et Beth était la personne idéale...

Elle était déjà là, adossée à l'arbre. On aurait dit qu'elle avait décidé de changer de look : au lieu de son habituel manteau noir qui lui tombait au-dessus du genou, son jean et ses Converse blanches, elle portait une veste en jean un peu trop grande pour elle, un legging noir, un petit pull rouge et un bonnet de laine noir. Elle s'était fait deux adorables tresses qui lui donnaient un air attachant. Ça lui allait super bien.

— Tu es trop jolie habillée comme ça ! lui dis-je, enthousiaste.

— Merci. C'est Tyler qui me l'a suggéré. Enfin, pas directement, s'esclaffa-t-elle. Hier, il m'a montré la photo d'une fille qu'il trouve belle, tu sais, une de ces filles extraterrestres de Tumblr qui même avec un sac noir sur la tête seraient parfaites. Du coup, j'ai pensé que ce serait bien de leur piquer des idées...

Trop drôle ! Alors, Tyler connaissait Tumblr ? Il n'avait pas du tout l'air du mec qui va sur les réseaux sociaux.

— Eh ben !... pour une fois, il a fait quelque chose d'intelligent, commentai-je.

Beth se contenta de lever les yeux au ciel, sous-entendant sa totale désapprobation.

— De quoi tu voulais me parler ? demanda-t-elle. Ton message d'hier m'a inquiétée...

— Ah bon ? Pourquoi ? fis-je, perplexe.

Elle prit son portable et tourna l'écran vers moi. J'éclatai de rire en voyant ce que j'avais écrit.

bETh ! 1 Demani jai besoin
que tu MAccoMpaGne auLYCEE.
G Dois ABSOLUMENT teparlé !!

Je devais être drôlement déstabilisée par le baiser de Daniel...

— Oui, en effet, on dirait que je suis désespérée, admis-je.

— Vas-y, dis-moi ! Ou non, attends, laisse-moi deviner. Daniel a quelque chose à voir là-dedans ?

— Oui.

— Je m'en doutais... Hier soir, vous avez disparu sans prévenir personne.

— Daniel m'a emmenée dans un endroit où nous étions seuls. J'en avais besoin, après ce qui s'était passé...

— Je suis au courant. Dylan m'a tout raconté en me raccompagnant. Mais n'en parlons plus, OK ? Tu dois oublier le passé, et te concentrer sur le présent. Et là, apparemment, Daniel pourrait avoir un rôle intéressant...

Elle me fit un clin d'œil.

— C'est justement de ça que je voulais te parler. Hier soir, il m'a embrassée, avouai-je.

En prononçant ces mots, je sentis un énorme poids se dissiper. Je savais que ça me ferait du bien de me confier à Beth !

— Il a fait quoi ? s'écria-t-elle.

Elle s'arrêta brusquement au milieu du trottoir, écarquilla les yeux, la main devant sa bouche.

— Je-le-savais ! Oh, mon Dieu, c'est génial !

Elle se mit à sautiller sur place et me prit les mains pour me forcer à en faire de même. Mais je n'étais pas du tout d'humeur.

— Qu'est-ce que tu as ? s'étonna-t-elle.

— Beth, c'est seulement un baiser ! Peut-être que cela n'a aucune importance pour lui.

— Mais pour toi, oui. Lucy, je te connais et je sais ce que veut dire ce regard : tu es en train de penser à Dylan.

Elle avait raison…

— Lucy, arrête avec ce délire ! Purée, un garçon comme Daniel t'a embrassée, et tu penses à Dylan ? Tu ne peux pas laisser ton fantasme empêcher les autres de s'approcher de toi ! Sinon, cette fois encore ça finira comme avec Byron et Scott.

— Le problème, c'est que, là, c'est différent… Daniel réussit à me faire oublier Dylan, et ça me fait peur ! Pourquoi lui ? Il a voulu faire le contraire, c'est-à-dire m'aider à me faire remarquer par Dylan ! Qu'est-ce qu'il a de plus que les autres ?

Plus je formulais de questions, plus je m'embrouillais les idées.

— C'est simple, Daniel te plaît plus que tu ne veux l'admettre. C'est peut-être le garçon qu'il te faut.

Le garçon qu'il te faut. J'avais toujours cru que, celui qu'il me fallait, c'était Dylan !

Le moment de tout avouer à mon meilleur ami était arrivé ! Je devais lui dire qu'une simple amitié, ce n'était pas suffisant pour moi, parce que je l'aimais et que je ne pouvais plus faire semblant. C'était la seule façon de découvrir quels étaient ses sentiments pour moi... Mais comment trouver le courage ?

— Impossible ! déclarai-je. Je... je le connais à peine ! Aucune fille saine d'esprit ne se mettrait avec... avec un garçon qu'elle a rencontré quelques semaines plus tôt !

— Ha ! Tu vois, tu bégaies ! Et quand tu bégaies, ma vieille, ça veut dire que tu racontes des bobards. Allez, admets-le ! Quelqu'un a enfin réussi à te faire de l'effet ! Tu devrais lui donner sa chance, conclut Beth.

Nous étions arrivées au lycée. Dès que Beth vit Tyler, elle me fit un geste de la main et se précipita vers lui.

Je regardai autour de moi : je devais à tout prix éviter Daniel !

Cette pensée venait à peine de me traverser l'esprit que quelqu'un posa la main sur mon épaule. Je respirai à fond, puis je me retournai. Je ne fus pas surprise de me retrouver devant lui.

— Qu'est-ce que tu fais plantée là ? demanda-t-il, apparemment très à l'aise.

— J'étais en train..., balbutiai-je en cherchant une réponse crédible. Euh... j'étais en train d'observer la disposition des casiers. Enfin, les numéros... Je n'ai jamais compris pourquoi ils sont dans le désordre.

— Une logique bien trop difficile à affronter en début de matinée, ricana-t-il.

Je me sentis encore plus idiote.

— Oui. En effet..., lâchai-je.

Je m'efforçai de sourire pour cacher mon embarras.

Il fit un pas vers moi et me souleva délicatement le menton pour que nos regards se croisent. En moins d'une seconde, nos lèvres s'unirent, me coupant le souffle.

Je me serais attendue à tout – un discours, des excuses, je ne sais pas –, mais pas à un baiser.

De l'autre main, il me prit par la taille et m'attira à lui. Tout à coup, c'était comme si une sorte de bulle s'était créée autour de nous, nous isolant du reste du monde.

Quand on se sépara, il me regarda et murmura tendrement :

— Depuis hier soir, je ne pensais qu'à t'embrasser de nouveau.

Son aveu me surprit autant que son baiser.

La cloche, qui sonna à cet instant, me fit revenir sur terre. Daniel sourit et me tendit la main pour qu'on aille en cours ensemble.

En pivotant, j'aperçus derrière lui Dylan, qui avait assisté à la scène. Chose bizarre : en voyant son visage, je compris qu'il était temps de l'oublier, et que, s'il y avait une personne qui pouvait m'y aider, c'était le garçon qui m'ouvrait ses bras.

Je plongeai de nouveau mon regard dans ses yeux et, en souriant, je glissai ma main dans la sienne.

Ce simple geste fut le signe d'un nouveau départ, d'une nouvelle histoire, où Dylan ne serait plus qu'un ami. En tout cas, c'est ce que j'espérais.

23

« Lucy, arrête ! Tu as quelqu'un d'autre maintenant. »

Facile à dire… Pendant le reste de la journée, je ne pus m'ôter de l'esprit le regard de Dylan quand il nous avait vus, Daniel et moi.

Que s'était-il passé exactement entre nous ? Je ne le savais pas vraiment ; j'étais complètement perdue. Daniel me plaisait en raison de son caractère, parce qu'il m'appréciait pour ce que j'étais et aussi parce qu'il m'avait aidée avec Dylan, malgré tout. Cela dit, je ne savais presque rien de lui…

La situation était d'autant plus compliquée que Dylan était assis à côté de moi pendant le premier cours de la journée. Quand je lui avais dit bonjour, il ne m'avait même pas répondu. Comment devais-je réagir ?

— Sanders, au tableau ! lança le prof de maths, qui semblait me détester encore plus que d'habitude.

Je me levai en soupirant et me traînai au tableau pour résoudre une équation impossible. Tandis que je fixais ces chiffres dépourvus de sens, je décidai que jusqu'à la fin de l'année, j'allais bosser comme une folle pour avoir mon examen final. Je n'avais pas le choix si je voulais être acceptée dans une bonne université et me construire le futur dont j'avais toujours rêvé… *avec Dylan*, me rappela ma petite voix intérieure, que je fis taire immédiatement.

J'étais amoureuse de lui depuis si longtemps que penser à lui était devenu un automatisme.

— Allez-y, Sanders ! s'impatienta le professeur.

Je commençai à écrire quelques chiffres. De temps à autre, je me retournai vers lui pour savoir, d'après son expression, si j'étais plus ou moins sur la bonne route, et au besoin corriger le tir. Ça marchait avec tous les profs, sauf avec celui-là… Il restait immobile et impassible comme une statue.

— Anderson, venez aider votre camarade !

Dylan ne m'accorda pas un regard, même quand je lui tendis la craie.

En moins d'une seconde, il réussit à résoudre l'équation que je trouvais diabolique.

À la fin du cours, le prof me demanda de rester quelques minutes. Je savais très bien que j'aurais droit à son discours habituel, suffisamment long pour me faire arriver en retard au cours suivant.

— Sanders, il est grand temps que vous vous impliquiez ! Ces derniers mois, vous ne vous êtes pas montrée concentrée, me sermonna-t-il, en colère.

Je m'étais toujours demandé pourquoi cet homme s'acharnait sur moi. En classe, il y avait des élèves qui ne savaient même pas leur table de neuf, et pourtant, il ne les gardait pas à l'œil comme moi.

— Il faut trouver une solution.

Il réfléchit quelques instants.

— M. Anderson et vous êtes amis, non ?

Comme s'il ne le savait pas... il n'arrêtait pas de faire des remarques lamentables sur Dylan et moi.

— Alors, je crois que vous ne verrez pas d'inconvénient à étudier avec lui deux ou trois après-midi par semaine. C'est le meilleur élève de la classe, et je suis certain qu'il pourra vous aider, expliqua le prof. Je lui demanderai de vous rendre ce service. J'espère qu'il voudra bien accepter...

En l'entendant, j'avais l'impression d'être la personne la plus stupide de la terre.

Je sortis de la classe humiliée et emplie de colère. Je traversais le couloir comme une furie, cherchant une raison qui pourrait me faire dispenser à vie des cours de maths, lorsque quelqu'un m'agrippa brutalement l'épaule et me poussa avec violence contre les casiers.

— Qu'est-ce que tu lui as dit ? hurla un Tyler furibond.

— Mais qu'est-ce qui te prend ? Tu m'as fait mal, débile !

Tyler, hors de lui, raffermit sa prise :

— Qu'est-ce que tu as raconté à Beth ?

Son souffle chaud me frappa au visage ; l'odeur du tabac me suffoqua.

— Je ne lui ai rien dit. Lâche-moi !

Je réussis à me libérer.

— Ah non ? Alors pourquoi elle s'est mise à m'éviter ? Pourquoi elle n'arrête pas de dire que je ne tiens pas à elle et que je l'utilise ?

Je n'arrivais pas à y croire... Beth s'était finalement rendu compte qu'elle méritait quelqu'un de mieux ! Je n'aurais pas à essayer de la consoler le jour où il déciderait de la remplacer par une des nombreuses filles avec qui il couchait...

— Elle a peut-être enfin compris que tu n'es qu'un minable ! lui crachai-je à la figure.

— Lucy, je t'avais dit de ne pas t'en mêler. Tu sais ce qui t'attend, me menaça-t-il.

Je frissonnai à la pensée qu'il révélerait à Dylan ce que j'éprouvais pour lui. J'étais sûre que je le perdrais.

— Je – ne – lui – ai – rien – dit, articulai-je lentement.

Il me lança un regard noir et s'éloigna à grandes enjambées. Il m'avait crue : il était suffisamment intelligent pour s'apercevoir que je ne savais pas du tout de quoi il parlait.

J'allais me diriger vers mon casier lorsque je vis Dylan qui venait de tourner l'angle. Je décidai d'aller lui parler.

J'inspirai profondément avant d'avancer vers lui. Soudain, je me figeai : Caroline m'avait précédée ! Elle se tenait devant lui, et il lui souriait comme il n'avait jamais souri à aucune autre fille. Une minute plus tard, ils bavardaient et riaient, l'air heureux.

Je sentis mon estomac se nouer. « Lucy, arrête ! Tu as quelqu'un d'autre maintenant, mets-toi ça dans le crâne », me rappela ma petite voix. J'aurais dû l'écouter...

— Te voilà, je t'ai cherchée partout ! s'exclama Daniel dans mon dos.

— Pardon, je voulais laisser des affaires dans mon casier.

— Mmm… y en a qui sont super contents…, chuchota-t-il en fixant Dylan, dont le sourire illuminait non seulement son visage, mais aussi le couloir. Tu… tu es sûre que…, lâcha-t-il. Je ne voudrais pas te faire encore plus de mal.

— Ça va, ne t'en fais pas, dis-je en déposant un petit baiser sur ses lèvres.

Il soupira, soulagé, puis on s'éloigna main dans la main. En partant, je jetai un dernier regard vers Dylan et Caroline, et je décidai de laisser tomber. Mon meilleur ami était heureux, c'était la seule chose qui comptait.

« Et toi, es-tu heureuse ? » fit ma conscience.

« Je le serai bientôt », lui répondis-je en haussant les épaules

À la fin des cours, j'éprouvai la même joie qu'un enfant à qui on offre ses bonbons préférés.

Daniel m'attendait dehors, près de sa moto. Au déjeuner, il m'avait demandé de passer l'après-midi avec lui et j'avais accepté. J'étais contente, sans réussir pourtant à me libérer de cette mélancolie qui m'avait accompagnée tout au long de la journée.

Je n'avais pas réussi à parler à Dylan, parce que Caroline ne l'avait pas lâché d'une semelle. Ils avaient même déjeuné ensemble. Je n'en voulais pas à Caroline, mais sa manière de me voler Dylan me tapait sur les nerfs.

Je chassai ces idées et je me concentrai sur Daniel. Je ne devais penser qu'à lui.

Ses yeux verts suivirent chacun de mes pas, jusqu'à ce que j'arrive auprès de lui.

— Prête ? s'enquit-il avec un sourire adorable, et il me tendit le casque.

— Oui, on y va !

Il démarra sur les chapeaux de roue. Je me serrais contre lui pendant qu'il slalomait au milieu des voitures à une vitesse folle.

Il s'arrêta devant sa maison qui, à la lueur du soleil, semblait encore plus vaste et belle.

Au salon régnait une pagaille indescriptible : du pop-corn par terre, des coussins et des assiettes en plastique éparpillés partout, des livres pour enfant avec des pages arrachées, des feutres, des crayons de couleur…

J'éclatai de rire :

— Tu fais encore du baby-sitting ?

— Bien sûr, c'est amusant.

En me retournant, je compris qu'il était ironique. Il n'était pas du tout fait pour ça ; pourtant il le faisait pour démontrer à ses parents qu'il pouvait se débrouiller seul. Sa détermination me plaisait.

On se dirigea vers la cuisine, où il sortit plusieurs produits du frigo.

— Tu sais cuisiner ? demandai-je, surprise.

— Évidemment ! Pas toi ?

Je secouais la tête, stupéfaite. Pour moi, préparer des sandwichs était déjà un exploit : alors cuisiner…

Quand il se mit au travail j'observais chacun de ses gestes. L'air concentré, les yeux légèrement plissés et les sourcils froncés, il ne faisait pas attention à moi. Vraiment fascinant ! Tandis qu'il mélangeait des ingrédients, ses biceps jouaient sous le fin tee-shirt blanc. Il avait un corps athlétique, parfait. J'étais muette, sous le charme.

— Ça t'amuse, de me regarder ? fit-il soudain.

— Je ne te regardais pas, prétendis-je.

— Menteuse !

Il ricana en me jetant un peu de farine.

Une fois de plus, la situation dégénéra aussitôt. Couverts de farine de la tête aux pieds, on aurait dit deux gamins, heureux et insouciants. Un moment parfait !

Tout à coup, Daniel passa ses bras autour de ma taille et m'embrassa avec douceur sur la bouche.

Puis il balaya la cuisine d'un regard amusé et pouffa :

— Il vaut peut-être mieux que je commande des sushis.

Il alla chercher son portable, et je l'attendis, appuyée au comptoir. C'est à ce moment-là que mon téléphone vibra et que le nom de Dylan apparut sur l'écran.

Je répondis aussitôt :

— Salut…

— Tu es ma meilleure amie, non ? Tu me dis toujours la vérité, hein ? lança-t-il.

— Oui, bien sûr. Pourquoi ?

J'avais peur. Je sentais au ton de sa voix que quelque chose ne collait pas.

— Alors, pourquoi ne m'as-tu pas dit que c'était toi que j'avais embrassée le jour de la fête de Clarisse ?

24

Mille excuses…

Mille excuses se succédèrent dans ma tête tandis que je cherchais une explication plausible pour justifier cet « oubli ». Puis je pensai que lui aussi aurait pu me dire qu'il se le rappelait. Fallait-il vraiment me mettre à l'épreuve pour une telle sottise ? Ça se passait bien avec Daniel, je ne lui permettrais pas de tout gâcher.

— Si tu le savais, pourquoi tu n'as rien dit ? Pourquoi tu as fait comme si de rien n'était ? ripostai-je.

Son silence me confirma que j'avais visé juste.

— C'est moi qui t'ai posé la question le premier, se défendit-il.

Je n'avais aucune intention de me rendre. J'ouvris la bouche pour répliquer, mais à ce moment-là Daniel entra dans la cuisine et lança :

— Les sushis arrivent dans quelques minutes.

J'étais sûre que Dylan l'avait entendu.

— Ah. Je ne savais pas que tu étais avec lui…, murmura-t-il.

— Écoute, Dylan, je suis occupée. On en reparle demain, si tu veux, dis-je avant de raccrocher sans attendre sa réponse.

Incroyable ! Je l'avais vraiment fait.

Je restai pétrifiée quelques secondes, les yeux fixés sur le téléphone ; sur l'écran d'accueil, il y avait une photo de Dylan et moi, prise l'année précédente pendant les vacances. Je n'arrivais pas à croire que les choses soient en train de changer si vite.

— Désolé ! Tu étais en train de parler à Dylan…, murmura Daniel, adossé à la porte de la cuisine.

— C'est sans importance, ne t'inquiète pas.

Je m'efforçai de sourire pour le mettre à l'aise.

Comme il était parfaitement au courant de mes sentiments pour Dylan, j'étais sûre qu'il ne me croyait pas. Il se contenta de dire :

— On va dans le salon en attendant notre dîner.

Le ton de sa voix avait changé, mais j'essayai de ne pas montrer mon inquiétude. Il débarrassa le canapé, et on s'y installa l'un à côté de l'autre. Il avait l'air absent.

— Tout va bien ? demandai-je.

— Oui, pourquoi ? fit-il en s'allongeant à moitié pour prendre la télécommande et hausser le volume de la télé.

Sa réponse m'agaça.

— Parce que je sais que ce n'est pas vrai ! Daniel, s'il y a quelque chose qui ne va pas, il suffit de me le dire.

Je m'efforçai de rester calme : la plupart du temps, je réussissais à obtenir ce que je voulais juste par gentillesse. Il étendit le bras pour prendre la télécommande et éteindre la télé.

La voix irritante de Homer Simpson fut remplacée par un silence glacial. Daniel regardait dans le vide tandis que ses doigts tambourinaient sur la télécommande. Il était énervé, mais pour quelle raison ? J'avais mon idée là-dessus, mais je voulais qu'il me l'avoue lui-même.

— Daniel…, insistai-je.

J'allais poser la main sur son épaule, mais je n'en eus pas le temps, car il se retourna brusquement vers moi.

— Tu peux me dire pourquoi tu es avec moi, Lucy ? Est-ce pour essayer d'oublier Dylan, ou parce que tu éprouves réellement quelque chose pour moi ?

Prise de court, je dis :

— Pourquoi te tourmenter comme ça, Daniel ?

— Parce que je te connais un peu, et je sais quels sont tes sentiments pour ton meilleur ami. J'ai essayé de t'aider à attirer son attention, tu te rappelles ?

— Daniel, s'il te plaît, ne te mets pas contre moi, toi aussi !

J'avais besoin de lui, il était le seul qui pouvait me remonter le moral. Je ne voulais pas le perdre. S'il tenait à moi, il devait accepter le fait qu'il me faudrait du temps pour me libérer de mon obsession.

— Je ne me mets pas contre toi. Je te dis juste que ce que j'éprouve pour toi est un sentiment véritable, et que je ne t'utilise pas pour oublier quelqu'un. Et toi ?

Il se leva et me regarda dans les yeux.

Et moi ? Je ne connaissais pas la réponse… Je ne savais pas si les sentiments que j'avais pour lui étaient là seulement parce que j'essayais d'oublier Dylan.

— Je ne veux pas être une solution de remplacement, déclara-t-il. Je sais ce qu'on ressent quand on regarde une personne dans les yeux et qu'on comprend qu'elle imagine quelqu'un d'autre à notre place.

Daniel avait raison, je ne pouvais pas jouer avec ses sentiments. Je n'arrivais pas à soutenir son regard froid et détaché ; ça faisait trop mal.

— Je suis désolée, Daniel..., murmurai-je avant de me précipiter vers la porte.

— Attends !

Il leva la voix pour se faire entendre alors que je traversais déjà le jardin en courant.

Je ne m'arrêtai pas dans l'espoir de le semer. Je ne voulais pas lui parler. J'étais en train de blesser un garçon qui depuis le début avait essayé de m'aider ! Une fois de plus, je fichais tout en l'air à cause de Dylan. Comment faire pour cesser de penser à lui ?

J'étais au bord des larmes, pas à cause de ce qui était arrivé avec Daniel, mais à cause de mes sentiments pour Dylan. Cette histoire allait finir par me faire craquer !

Une fois à la maison, je n'eus pas le temps d'appuyer sur la poignée : la porte s'ouvrit, et deux personnes apparurent devant moi : ma mère et le prof de maths.

Que faisaient-ils ensemble ?

— Monsieur Sullivan, dis-je pour le saluer, mais cela avait davantage l'air d'une question.

Ma mère devint rouge comme une tomate : je notai aussi de l'embarras dans les yeux du prof. Je ne voulais pas y croire ! Maman sortait avec mon prof de maths ? Celui qui ne me supportait pas ? Celui qui ne perdait pas une occasion de m'humilier devant toute la classe ? À cette pensée, je me sentis mal.

— Eh bien, c'était un plaisir. À bientôt ! lâcha-t-il avant de se sauver, me laissant seule avec ma mère.

Une fois qu'il eut refermé la porte, la question jaillit de mes lèvres :

— Tu peux m'expliquer ce que ce type faisait chez nous ?

— Rien.

Maman s'efforça de sourire et retourna dans la cuisine. Je la suivis, en état de choc.

— Comment ça, rien ? Ne me dis pas que tu sors avec lui ! Tu sais que c'est mon prof de maths, hein ?

Impossible qu'ils soient ensemble. Ce serait trop bizarre…

— Et alors ? me défia-t-elle.

— J'y crois pas ! Rassure-moi, tu plaisantes ?

Je soupirai, exaspérée.

Mon dégoût augmenta à la vue d'un bouquet de roses rouge écarlate qui trônait sur la table de la cuisine.

— Depuis combien de temps dure cette histoire ?

— Lucy, va dans ta chambre. Ça ne te regarde pas.

Je tournai les talons, hors de moi. Je claquai la porte de ma chambre de toutes mes forces pour faire comprendre à ma mère à quel point cette situation me dégoûtait.

Si je n'avais pas marché aussi vite, je ne les aurais pas vus et je me serais épargné cette scène ridicule qui ne pouvait que me compliquer la vie.

Machinalement, je pris mon portable pour appeler Dylan. J'hésitai un petit instant en repensant à notre dernière conversation téléphonique. Mais je finis par appuyer sur le bouton.

— Lucy ?

— Tu peux venir ? lançai-je d'une voix tremblante.

— J'arrive !

Tout le stress que j'avais emmagasiné me submergea : ma respiration s'accéléra, je suffoquais. Je savais ce qui m'arrivait : c'était la peur de perdre Daniel, le ressentiment envers ma mère, l'envie de revoir mon père… Toutes ces émotions mélangées m'empêchaient de respirer.

Quelques minutes plus tard, on frappa à la porte : Dylan était là. Je me jetai dans ses bras sans même attendre qu'il entre dans la pièce. J'avais tant besoin de sa présence… Rien d'autre n'avait plus d'importance.

25

« Il faudra que tu souries pour cacher ta douleur. »

— Qui ? Tu es sûre ? Dis-moi que c'est une blague ! Ça ne peut pas être sérieux ! s'exclama Beth à la pause déjeuner, sidérée.

J'aurais préféré qu'il s'agisse d'une plaisanterie de mauvais goût… Je n'aurais pas eu de haut-le-cœur comme la nuit précédente, chaque fois que je les revoyais ensemble, ces deux-là. Bouleversée, je n'avais pas touché à mon déjeuner.

— Non, Beth, je suis sérieuse. Je sais ce que j'ai vu, c'était bien lui qui sortait de chez nous.

— Quelle horreur, Lucy ! Le prof de maths et ta mère ! Beurk…

— Oui, eh bien… merci de me l'avoir rappelé dix fois depuis que je te l'ai dit !

— Voilà qui explique un tas de choses, par exemple, pourquoi il tient tant à ce que tes résultats s'améliorent. Depuis quand ils sont ensemble ? Je n'arrive toujours pas à y croire ! Sullivan ne va pas du tout avec ta mère.

Elle était pliée de rire.

Plus les minutes passaient, et plus je regrettais de lui avoir confié ma découverte. On aurait pu croire que je lui avais raconté l'histoire la plus amusante au monde ! Mais cette histoire n'avait rien de drôle pour moi. En imaginant le prof en train de prendre le petit déjeuner dans ma cuisine en compagnie de ma mère… les baisers, les caresses… je sentais la nausée me gagner. Je bondis sur mes pieds.

— Désolée, Beth, je dois sortir pour me calmer. Ça ne va pas du tout.

Je quittai le self en vitesse et je traversai le couloir vide au pas de course : les élèves, à cette heure-là, étaient à la cantine.

Pas tous : Caroline venait dans ma direction avec son habituel sourire éblouissant. Elle s'arrêta.

— Tout va bien, Lucy ?

« Mmm, voyons… rien ne va entre Dylan et moi, plus le temps passe, et plus je sens que je l'aime. Je me suis disputée avec Daniel, le seul garçon qui a montré un peu d'intérêt pour ma personne. Et j'ai découvert que ma mère couche avec mon prof de maths. C'est génial, non ? » aurais-je voulu lui dire.

Je répondis :

— Ça roule ! Et toi ?

— Super. Tu sais si Dylan est au self ? Je ne le trouve nulle part.

— Oui, il était là avec Tyler.

— Merci, Lucy… Pas seulement pour ça. Si l'autre jour tu ne m'avais pas encouragée à insister auprès de Dylan, nous n'en serions pas à ce point de notre… de notre amitié… Alors, merci de tout cœur. Tu es une amie géniale !

Ses yeux brillaient pendant qu'elle prononçait le nom de mon meilleur ami. On voyait qu'elle était très amoureuse.

— Je t'en prie, ce n'est rien, me forçai-je à dire, la gorge serrée.

Pour couronner le tout, Caroline m'étreignit affectueusement, comme si je l'avais aidée à réaliser son rêve.

Son portable vibra ; elle s'écarta pour regarder les messages.

— Oh, c'est Dylan… Il m'attend ! Alors, on se voit en cours de français ?

— Bien sûr.

Je lui souris et je la suivis du regard tandis qu'elle courait vers le self, heureuse de retrouver mon Dylan.

J'avais un terrible mal de crâne ; je décidai de me réfugier dans la salle où avait lieu le premier cours de l'après-midi pour prendre un comprimé et rester un peu seule.

Je m'immobilisai sur le seuil : assis derrière son bureau, le prof de maths était sur le point d'enfourner une énorme part de pizza.

— Lucy…, lâcha-t-il en me voyant.

Après ce qui était arrivé la veille, je n'avais pas envie de lui adresser la parole. Je m'apprêtais à faire demi-tour quand il m'appela :

— Attends, je voulais te parler à propos d'hier.

— Ce n'est pas la peine.

— Je crois que si. Je tiens à t'expliquer pourquoi nous ne vous en avons pas parlé.

La curiosité eut raison de moi ; je restai donc plantée là sans rien dire.

— Je ne souhaitais pas que ça se sache au lycée, continua-t-il, et que les élèves pensent que je faisais du favoritisme. Je suis avant tout enseignant, et ma vie privée doit le rester.

« Drôle de favoritisme ! Mes camarades se sont toujours demandé pourquoi vous me détestiez autant », lui aurais-je volontiers répondu.

— Cela ne change en rien notre relation. Je suis ton prof de maths jusqu'à la fin de l'année ; ensuite, on verra, conclut-il.

Que voulait-il dire par ce « on verra » ? Il n'avait quand même pas l'intention de faire partie de notre famille et de prendre la place de mon père !

C'était un cauchemar ! Ou alors, des gens allaient sortir de leur cachette avec du matériel de télé en criant : « CAMÉRA CACHÉE ! »

— Ne vous inquiétez pas, dis-je, personne ne le saura.

Je n'allais pas me laisser influencer par cette nouvelle dérangeante. Rien ne changerait pour moi. Sullivan resterait le prof que je détestais, point à la ligne.

Je profitai de son silence pour sortir de la classe et aller prendre une bouteille d'eau au distributeur. J'étais dégoûtée, et très en colère.

J'avalai un comprimé en espérant que l'effet serait immédiat. J'avais l'impression que ma tête allait éclater ; la situation empira encore quand les couloirs se remplirent d'élèves.

Je filai vers les toilettes ; je voulais m'y enfermer jusqu'au début des cours. Mais la malchance voulut que je tombe sur Dylan et Caroline, en train de bavarder, souriants, l'air très proches. Ils ne tarderaient pas à se mettre ensemble, je le sentais. « Tu le prendras comment ? » me demandai-je. La réponse était évidente : « Mal. Mais il faudra que tu souries pour cacher ta douleur. »

— Lucy…

Une voix derrière moi m'arracha à ces pensées lugubres.

En me retournant, j'eus la surprise de voir Daniel. Dire que je croyais qu'il ne m'adresserait plus jamais la parole…

— … Tiens, tu as oublié ça au self, dit-il en me tendant mon cahier de littérature anglaise.

— Mer… merci, balbutiai-je.

Il me fit un sourire un peu forcé, puis fit volte-face pour partir.

— Attends ! m'écriai-je sans savoir ce que j'allais lui dire.

Je ne comprenais pas ce qui m'était passé par la tête…

— Je suis désolée pour hier, vraiment. Désolée que tu te sois senti… utilisé. Tu sais ce que j'éprouve pour Dylan, et comme c'est difficile pour moi d'essayer de l'oublier. Mais je tiens à te dire que tu ne m'es pas indifférent, Daniel.

Très émue, j'essayai de lui expliquer la situation avec délicatesse.

— Ce que je cherche à te dire, c'est que…

— … tu es amoureuse de lui. Je suis au courant, Lucy. Et Beth m'a dit que tu n'arrives pas à l'oublier. Et si cette fois, c'était la bonne ? Tu y as pensé ?

Il fit un pas vers moi.

— Je ne t'y oblige pas, Lucy. Je te demande juste de réfléchir à ce qu'il vaut mieux : continuer à souffrir en voyant Dylan avec Caroline – parce que tu sais très bien comment ça va finir entre ces deux-là –, ou aller de l'avant et penser à toi-même et aux personnes qui pourraient te rendre enfin heureuse.

Il effleura ma joue de son pouce, puis y déposa un baiser.

Il s'éloigna, laissant un vide terrible en moi. Il avait raison ; il était grand temps que je réagisse.

26

Nicest thing, Kate Nash

La fourchette glissa sur l'assiette en crissant lorsque M. Sullivan piqua l'une des bouchées de poulet que ma mère avait préparées avec soin pour ce dîner très spécial. L'objectif de maman était de nous présenter son nouveau compagnon, même si « nouveau » n'était pas le terme approprié, étant donné qu'ils se fréquentaient depuis longtemps. Ce soir-là, nous découvrîmes que leur histoire remontait à l'époque où mon père avait décidé de nous abandonner. Seulement, la tentative de ma mère échoua lamentablement.

Aucun de nous ne réussit à prononcer un mot. De temps à autre, Ricky toussait pour rompre ce silence embarrassant. Quant à moi, je n'avais pas la moindre envie d'ouvrir la bouche. C'était trop bizarre, de dîner avec M. Sullivan et de prétendre qu'il n'était pas le prof détesté qui me torturait depuis des années. Pour Ricky, c'était différent : le seul fait de voir un homme qui voulait prendre soin de notre mère, alors qu'elle se débrouillait parfaitement seule, le révoltait.

— Alors ? Ça y est, on passe au dessert ? demanda ma mère.

— Volontiers ! répondit Sullivan avec enthousiasme.

Trop d'enthousiasme, à mon goût.

La sonnerie de la porte d'entrée retentit, et je bondis sur mes pieds, surprenant tout le monde. Ma bouée de sauvetage était arrivée ! Tant que Sullivan était là, j'étais prête à faire n'importe quoi, même passer l'après-midi à résoudre des équations.

— C'est Dylan, on a prévu de faire des maths. Désolée, pas de dessert pour moi.

C'était un gros mensonge : je n'étais absolument pas désolée, j'étais la fille la plus heureuse de la terre.

— Ne t'inquiète pas, ma chérie, dit ma mère. Je vous apporterai une tranche de gâteau, à Dylan et toi ; comme ça, vous pourrez recharger vos batteries.

Je sortis de la cuisine en sautant de joie : j'étais libérée ! Une belle soirée en compagnie de Dylan m'attendait.

Je m'étais promis de faire un effort en ce qui le concernait. Les choses changeraient définitivement dès ce soir, je ne penserais plus à lui que comme à un ami qui me donnait un coup de main en maths. Je ressentais une détermination sans faille.

J'ouvris la porte d'entrée et je me retrouvai devant son superbe sourire et ses beaux yeux noirs.

« Lucy, stop ! Respire à fond et pense à lui comme tu penserais à Tyler ou à un autre de tes copains », me dis-je, et je réussis à ne voir qu'un ami très cher.

— Je suis en retard ? demanda-t-il.

Je lui fis signe d'entrer.

— Non. Tu es arrivé juste au bon moment. Tu m'as sauvée d'un dîner mortel.

— Ah oui, c'est vrai. Le fameux dîner…

Il rit en se dirigeant vers la cuisine pour dire bonjour.

Pendant ce temps, je me répétai : « Dylan est ton ami. C'est une belle amitié, ne gâche pas tout. » Il n'y aurait jamais rien d'autre entre nous ! C'était Caroline qui lui plaisait ; moi, je voulais donner une autre chance à Daniel. Si je m'en tenais à cela, tout se passerait bien.

— … oui, on va bosser les maths. Lucy en a besoin si elle veut être admise à la Brown, disait Dylan.

Il était en train de parler avec le prof, qui regardait mon ami avec fierté, comme s'il était son fils.

— C'est ça, ils vont bosser les maths ! ironisa Ricky.

Je l'aurais tué, celui-là !

Mon frère avait toujours été d'un naturel méfiant et soupçonneux. Le pire, c'était qu'il adorait exposer ses « soupçons » à voix haute.

— Ricky, le réprimanda notre mère, ne sois pas stupide ! On parle de Dylan.

J'appréciais la confiance que ma mère mettait en nous. Elle aussi savait qu'il ne se passerait jamais rien entre Dylan et moi… « Merci de me l'avoir rappelé, maman ! » me dis-je en mon for intérieur.

— Eh bien, allons-y. Les maths nous attendent, lâchai-je avant d'entraîner Dylan à l'étage.

Quand il entra dans ma chambre, comme à son habitude, il se jeta sur le lit et ferma les yeux quelques instants.

— Donc, ta mère est avec le prof depuis un sacré bout de temps… Franchement, comment tu as fait pour ne pas t'en rendre compte pendant toutes ces années ? demanda-t-il.

— Mais je ne l'avais jamais vu mettre les pieds ici ! Maman est super douée pour garder ses petits secrets… On passe aux maths ?

Il se leva, s'installa sur la chaise près de la mienne et sortit de son sac à dos livres, feuilles, stylos et crayons. Puis son attention fut attirée par mon portable, qui se trouvait devant lui.

Il le prit et débloqua l'écran. J'avais oublié d'arrêter la playlist que j'écoutais. Dylan haussa le volume de la dernière chanson diffusée par mon portable.

C'était celle qui décrivait le mieux mes sentiments, celle qui me faisait verser tant de larmes la nuit, et qui m'était devenue indispensable.

Les premières notes de « Nicest Thing » de Kate Nash se firent entendre. Dylan fixait l'appareil, attentif aux paroles.

All I know is that you're so nice
You're the nicest thing I've seen
I wish that we could give it a go
See if we could be something

— Belle chanson, commenta-t-il en souriant.

Je me retenais de toutes mes forces d'éclater en sanglots devant lui.

J'esquissai un petit sourire malgré les paroles de la chanson, qui me torturaient : « *I wish my smile was your favourite kind of smile.* »

— Ça t'est déjà arrivé de te sentir comme ça ? demanda Dylan.

— Non, jamais, mentis-je. Et toi ?

Il détourna le regard, l'air troublé. Il n'y avait pas de doute, il avait déjà ressenti la même chose…

— Quand nous étions en troisième, j'écoutais cette chanson tous les soirs. J'étais obsédé ! expliqua-t-il. Tu te rappelles qu'il y a quelque temps Tyler a fait allusion à une blague que m'avait faite ce crétin de John ?

Oh oui, je me rappelais... C'est ce jour-là qu'il m'avait demandé de me renseigner sur Caroline.

J'acquiesçai, et il poursuivit :

— Eh bien, John m'a dit que tu étais amoureuse de moi...

Je me figeai en attendant la suite.

— ... et moi, j'étais super heureux. Je ne te l'ai pas dit parce que j'avais peur de détruire notre amitié, mais ça faisait quatre ans que j'étais amoureux de toi. Du coup, j'allais te l'avouer : mais John m'a dit ensuite qu'il plaisantait, et je ne l'ai pas fait. Qui sait ce qui serait arrivé...

Il chuchota les derniers mots, les yeux perdus dans le vide, comme s'il était en train d'imaginer une relation qui aurait pu exister si ce crétin de John n'avait pas tout gâché.

— Enfin, pour en revenir à la chanson... Je l'écoutais tous les soirs en pensant à toi. Drôlement romantique, tu ne trouves pas ?

Plus il parlait, et plus je me sentais idiote. Je ne m'étais pas rendu compte que mon meilleur ami était amoureux de moi ! Et maintenant, la situation s'était inversée, c'était moi qui étais folle de lui et qui écoutais cette chanson.

— Tu aurais dû me le dire ; tu n'aurais rien gâché, lâchai-je.

— J'avais trop peur ! Heureusement, c'est passé, et on est toujours amis.

Il sourit et me serra tendrement la main. Je lui fis un sourire forcé, avant de lâcher :

— Je suis bluffée, mon vieux ! Comment tu as fait pour surmonter ça ?

— Ça n'a pas été simple. Tu te rends compte ? J'étais amoureux de ma meilleure amie ! Avec le temps, ça s'est calmé petit à petit. Et puis, j'ai aperçu Caroline…

La tête me tournait : Dylan avait été amoureux de moi et, si Caroline ne s'en était pas mêlée, ses sentiments seraient peut-être restés les mêmes…

Tout à coup, je me sentis mal. J'avais besoin de sortir de cette pièce et de rester quelques minutes seule, loin de lui et des paroles de cette chanson.

— Excuse-moi, je vais aux toilettes, lui dis-je en me précipitant hors de la pièce.

Une fois dans la salle de bains, je me couvris la bouche pour étouffer mes sanglots. Je me laissai tomber au sol, en larmes, bouleversée par les émotions qui se succédaient en moi : joie, tristesse, douleur, soulagement…

Puis je me calmai et respirai profondément.

« Lucy, tu es forte. Reprends-toi ! » C'était ma conscience qui parlait, et je décidai de l'écouter. Je m'étais fait une promesse, et j'étais résolue à la tenir.

J'essuyai mes larmes, enlevai le mascara qui avait coulé sur mes joues et m'efforçai de sourire. Puis je retournai dans ma chambre comme s'il ne s'était rien passé.

27

« Cette chanson, tu l'écoutes pour une raison, avoue-le. »

— Les filles passent toujours un sacré bout de temps dans la salle de bains ! Je ne comprendrai jam…, commença Dylan quand il me vit entrer dans la pièce.

Il s'interrompit en me dévisageant, surpris.

J'avais pourtant fait de mon mieux pour dissimuler les traces de larmes… Mes yeux gonflés et mes joues rouges avaient dû me trahir.

— Tout va bien ?

Il se leva et vint vers moi à pas lents, comme s'il avait peur de m'approcher.

J'esquissai un sourire et me frottai le visage avec la manche de mon sweat.

— Bien sûr ! J'ai… j'ai juste eu un moment de faiblesse.

Dylan me caressa doucement les joues. Ce geste, si délicat, suffit pour raviver mes plaies.

Je ne savais plus quoi faire. Le nom de Dylan était gravé dans mon cœur depuis des années ; je ne pouvais pas le supprimer subitement. Et mon cœur ne me soufflait qu'une seule chose : mets-toi sur la pointe des pieds, et embrasse-le ! Je n'en avais pas le courage. J'imaginais déjà Dylan qui reculait, troublé. Non, de cette façon, je le perdrais pour toujours. Je ne voulais pas en prendre le risque.

« Dans la vie, il y a des risques qu'on ne peut pas se permettre de courir, et ceux qu'on ne peut pas se permettre de ne pas courir », disait Peter Drucker. Dans mon cas, il s'agissait de la première catégorie.

— J'ai peut-être dit quelque chose que je n'aurais pas dû ? s'inquiéta Dylan.

En effet… Tu n'aurais pas dû me raconter que tu avais été amoureux de moi. En tout cas, pas maintenant que j'étais enfin décidée à aller de l'avant.

— Ah… J'ai compris ! continua-t-il.

Il me prit la main et m'obligea à m'asseoir sur le lit près de lui.

— Cette chanson, tu l'écoutes pour une raison, avoue-le. Ce n'est pas par hasard si elle est dans ta playlist ! Allez, dis-moi qui est le mec qui ne partage pas tes sentiments.

« Toi, bon sang ! Juste toi ! » avais-je envie de hurler. À la place, je dis :

— Personne. Dylan, je préfère ne pas en parler. Tu veux bien qu'on reporte notre cours de maths à demain ou un autre jour ?

Je me levai. Je ne pouvais pas rester assise tout près de lui ; j'avais trop de mal à me contrôler.

— D'accord. Mais, avant de partir, j'ai quelque chose à te dire.

À son regard et au ton de sa voix, je compris qu'il s'agissait de Caroline. J'aurais pu en mettre la main au feu.

— Quoi ?

— C'est au sujet du bal de fin d'année… Il y a des mois, je t'avais promis qu'on irait ensemble, en amis, évidemment… Le problème, c'est que Caroline m'a demandé d'y aller avec elle, et que moi… eh bien, je n'ai pas le courage de lui dire non, balbutia-t-il.

Je n'arrivais pas à y croire ! Miss Perfection, entrée dans ma vie depuis à peine un mois, avait déjà conquis le cœur de mon meilleur ami, et voilà qu'elle voulait aussi aller au bal de fin d'année avec lui ! Le dernier bal de l'école, que je devais partager avec Dylan ! Celui dont j'étais censée me souvenir jusqu'à la fin de mes jours…

Je dissimulai tant bien que mal ma colère et ma déception :

— Ah bon ? Tant pis, je trouverai quelqu'un pour m'accompagner.

Un magnifique sourire illumina son visage.

— Tu es géniale ! Tu n'as pas idée comme c'est important pour moi ! souffla-t-il.

« Et toi, tu n'as pas idée à quel point c'est difficile pour moi de te rendre heureux », pensai-je.

— Une dernière chose, reprit-il. Quand une fille promet qu'elle sera prête pour vingt heures trente, ça veut dire quoi ? Vous n'êtes pas très ponctuelles… En tout cas, toi, tu ne l'es jamais, s'esclaffa-t-il.

— Il faut que tu sois chez elle à l'heure qu'elle t'a fixée. Caroline est si parfaite… Peut-être qu'elle, elle est ponctuelle.

— Bien. Merci, Lucy. Je suis sûr que ce sera une super soirée.

Puis il sortit, me laissant seule dans la pièce. Je ne savais pas si je devais éclater en sanglots ou le suivre et lui assener une bonne claque. Je m'étendis sur mon lit, fermai les yeux et essayai d'oublier cette soirée et tout le reste. Entre le dîner avec le prof et le « cours particulier » avec Dylan, j'étais servie...

Quelques secondes plus tard, mon portable sonna et le nom de Beth apparut sur l'écran. Il était tard ; si ma meilleure amie m'appelait à cette heure, c'est que soit il lui était arrivé quelque chose de grave, soit elle n'avait pas sommeil et voulait parler à quelqu'un. Dans quatre-vingt-dix pour cent des cas, il s'agissait de la deuxième option.

— Oui, Beth.

— Lucy... Je veux mourir, gémit-elle.

Je m'assis au bord du lit, inquiète. Ça faisait beaucoup pour une seule soirée...

— Beth, ne sois pas mélodramatique, je déteste quand tu fais ça. Qu'est-ce qui se passe ?

— Il faut que je te parle. Je suis devant ton portail. Je t'attends.

Sur ce, elle raccrocha.

Une minute plus tard, j'étais devant chez moi : sa voix avait suffi pour me faire paniquer. Elle semblait désespérée. J'en eus la confirmation en voyant son visage baigné de larmes, sillonné de traces noires de maquillage.

Elle m'embrassa et me serra fort dans ses bras.

— Tu avais raison, Lucy. Tu avais raison !

De toute évidence, il s'agissait de Tyler. Qu'est-ce qu'il avait encore fait, celui-là ? J'espérai que c'était suffisamment grave pour que Beth laisse enfin tomber. Ce type n'était pas fait pour elle.

— Viens dans ma chambre. On va discuter, proposai-je.

Une fois à l'intérieur, on croisa Ricky. Je lui lançai un regard noir pour le prévenir qu'il valait mieux qu'il disparaisse sans faire de remarque. Seulement, les frères comprennent exactement le contraire.

— Hé, Beth ! C'est quoi, cette tête ? lança-t-il, hilare.

Je me demandais comment le faire taire quand, non content de sa première sortie, il ajouta :

— Il faut profiter de la vie ! Ton mec t'a quand même pas trompée avec une autre, si ?

À ces mots, Beth éclata en sanglots, tellement fort que j'eus peur de voir débarquer ma mère.

— Ricky, du vent ! dis-je en l'écartant sans ménagement pour qu'il nous laisse monter l'escalier.

Je poussai un soupir de soulagement quand j'eus enfin fermé la porte de ma chambre derrière nous. Les événements qui s'étaient succédé ce soir me faisaient tourner la tête. J'avais hâte de me glisser sous ma couette et d'oublier le reste du monde.

— Ce salaud de Tyler m'a trompée avec Clarisse ! fit Beth en hoquetant. Comment a-t-il pu me faire ça ? On était officiellement ensemble, Lucy. *Officiellement*.

— Ce n'est pas nouveau, Beth. On sait toutes les deux comment il est, et ce qu'il pense des relations sérieuses. Le mot « sérieux » ne fait pas partie de son vocabulaire. Je t'avais prévenue qu'il te ferait du mal. En un certain sens, tu l'as cherché.

— Je pensais qu'avec moi ce serait différent. On se connaît depuis toujours ! Eh bien, non ! Il m'a utilisée comme les autres. Je n'ai jamais compté pour lui ! Mais je jure qu'il va me le payer. Il faut que tu m'aides !

— Je préférerais rester en dehors de ça, et tu devrais aussi laisser tomber. Tyler te le ferait payer trois fois plus. Oublie-le, ce n'est pas le seul garçon au monde, lui conseillai-je.

J'étais sûre que Tylor ne reculerait devant rien pour se venger.

— Tu n'avais pas une photo de lui à poil ? demanda Beth tout à coup.

— Si, mais je n'ai pas l'intention de te la passer.

— Lucy, je t'en prie. J'en ai besoin, je veux qu'il paie ! Je t'en prie ! Je dirai que je l'ai trouvée dans un vieux dossier de mon ordi..., insista-t-elle.

Je secouai la tête.

— Lucy, lança-t-elle, bouleversée, je croyais qu'on était amies. Je pensais que je pouvais te faire confiance. Je t'ai toujours défendue, et tu refuses de me donner une stupide photo ?

Je me rendis :

— Bon, d'accord.

— Ça va être la vengeance parfaite ! s'exclama-t-elle.

28

« C'est grâce à toi ! »

Je savais que Tyler pouvait être cruel, mais ce que j'ignorais, c'est l'ascendant qu'il exerçait sur Beth. Il l'avait rendue carrément folle.

Mon amie pensait tout le temps à une manière de se venger. Pourtant, chaque fois que Tyler lui envoyait un message ou voulait l'approcher, elle était toujours là, disponible, prête à n'importe quoi pour lui faire plaisir. Je n'aimais pas du tout cette situation ; mais quand j'essayais d'intervenir, Beth me demandait de ne pas m'en mêler. Seulement, je ne pouvais pas rester là à me tourner les pouces.

— Waouh ! Regarde-le ! s'écria-t-elle pendant le déjeuner à la cantine. Imagine si ça commence à circuler au lycée… La honte !

Beth ricanait en fixant le cliché.

C'était devenu son obsession ; elle n'arrêtait pas de le regarder et de rigoler.

— Cette photo ne doit jamais circuler au lycée, on est bien d'accord ? Je ne veux pas prendre ce risque.

— Quel risque ?

— Tyler m'a menacée. Si je montre cette photo, il dira toute la vérité à Dylan.

— Et alors ? Tu ne crois pas qu'il est temps qu'il l'apprenne ? L'année scolaire se termine dans un mois ! Ensuite, il y a les vacances, puis l'université ; vous pourriez ne plus vous revoir avant je ne sais combien de temps.

— Dans ce cas, je veux qu'il l'apprenne par moi, non par Tyler. Qui sait ce que ce crétin pourrait inventer d'autre pour gâcher notre amitié.

J'étais certaine qu'il ne se contenterait pas de dire « Lucy est amoureuse de toi ». Il ajouterait sûrement un commentaire idiot. Et, ça, je préférais l'éviter...

— Tu dois te secouer, Lucy, parce que tu ne...

Elle se lança dans un de ses habituels discours que je n'écoutais jamais : je les connaissais par cœur. Je balayai la cantine du regard, et mes yeux s'arrêtèrent sur le garçon aux yeux verts qui était en train de bavarder avec ses amis à quelques tables de la nôtre.

La dernière fois qu'on s'était vus, nous avions parlé de notre relation. Il m'avait demandé de bien réfléchir à la situation et de faire un choix. Bien. Ma décision était prise... Je devais le lui dire. Évidemment, découvrir que Dylan, par le passé, avait éprouvé ce que j'éprouvais, moi, à présent, m'avait embrouillé quelque peu les idées. Mais j'étais toujours résolue à aller de l'avant.

J'étais prête, je devais juste me lever et demander à Daniel si on pouvait parler quelques minutes. Un jeu d'enfant !

Mais, soudain, les choses se compliquèrent...

Une fille qui était avec nous au cours de littérature anglaise s'approcha de Daniel avec un sourire jusqu'aux oreilles. Je compris tout de suite qu'ils s'étaient déjà parlé, il suffisait de voir comme Daniel avait l'air heureux.

Je restai donc assise, observant chacun de leurs gestes. Quand s'étaient-ils rencontrés ? Je ne les avais jamais vus ensemble auparavant...

— ... Et toi, comme d'habitude, tu ne m'écoutes pas. Je crois que je vais retourner sur Twitter m'occuper de mes petites affaires. Attendre que Harry Styles twitte quelque chose est plus intéressant que de parler dans le vide, marmonna Beth en prenant son portable.

— Désolée... C'est que tout va de travers. Tu m'expliques depuis quand Daniel et Alyce se fréquentent ?

Beth se retourna pour les regarder.

— Je n'en ai aucune idée, et je m'en fiche. J'étais en train de te parler d'autre chose.

— Avec qui tu vas au bal de fin d'année ? demandai-je pour changer de sujet.

— Je ne sais pas... Je devais y aller avec Tyler, mais après ce qu'il m'a fait, je crois que je vais me passer de lui.

— Alors, on ira ensemble déclarai-je. Ce sera une soirée entre amies !

Je me levai pour partir ; je n'avais aucune envie de rester là à regarder Daniel et Alyce se faire les yeux doux. En sortant du self, je me sentis mieux. Pourtant, le pire était à venir...

Je savais depuis le matin que cette journée allait être pourrie. Lorsque Ricky se levait avant l'heure prévue, j'étais sûre à cent pour cent que quelque chose de terrible se passerait. J'espérais que, maintenant que j'avais vu Daniel et Alyce ensemble, mes malheurs seraient terminés, mais le destin me réservait un autre coup.

J'arrivai en avance au cours de français, juste avant Caroline. Nous étions seules dans la classe. Ce n'était pas exactement un malheur, quoique...

— Lucy, tu ne vas pas le croire... Dylan a accepté de venir au bal avec moi ! me lança-t-elle joyeusement en s'installant sur la chaise devant moi.

« Qu'est-ce que ça peut bien me faire ? » Je réussis à ne pas exprimer ma pensée à voix haute.

— Trop cool ! répondis-je à la place, essayant, tant bien que mal, de mettre un peu de joie dans ma voix.

— C'est grâce à toi, Lucy. Je... je voulais te remercier de tout cœur. Merci de m'avoir toujours encouragée, et aussi d'avoir renoncé à aller au bal avec lui. Je te dois un fier service.

— Tu ne me dois rien, me forçai-je à répondre.

— Si. Allez, dis-moi qui tu aimerais avoir pour cavalier. Je suis amie avec presque tous les garçons du lycée ; ce sera facile de trouver celui qui te correspond le mieux.

Elle me fit un clin d'œil.

Dommage que le seul garçon que je voulais soit Dy... « Non, Lucy, pas lui. C'est ton ami ! » En réalité, celui que je voulais était Daniel. J'aurais été ravie d'aller au dernier bal avec un cavalier aussi tendre et gentil, je savais que je m'amuserais bien et, surtout, que je me rappellerais cette soirée le restant de ma vie.

— Non, pas la peine, Caroline, vraiment. C'est sympa de ta part, mais je préfère passer la soirée avec ma meilleure amie.

— Si tu changes d'idée, fais-moi signe. Par contre, pour choisir la robe de soirée, il faut que je sois là, non ? On ira faire du shopping ensemble, ça va être super !

Je fus obligée de sourire et d'accepter.

Les autres élèves commencèrent à entrer dans la salle ; parmi eux, il y avait Daniel. Je détournai le regard, je ne voulais pas qu'il me surprenne en train de l'observer.

Il s'assit à la table voisine et je l'entendis murmurer :

— Continuez donc à m'éviter, mademoiselle.

Agacée, je m'apprêtais à lui répondre sèchement mais, devant ce sourire, si beau et si chaleureux, cela me fut impossible. Je me contentai de dire :

— J'avais plein de choses à faire.

Je venais de prononcer ces paroles quand tous les portables de la classe se mirent à sonner : cela ne pouvait signifier qu'une seule chose.

— Ce week-end, Clarisse organise une autre fête ! s'écria une fille en sautant sur ses pieds.

Génial ! Ainsi, la dernière fois ne lui avait pas servi de leçon... Cette Clarisse était plus têtue que ce que je croyais...

— On y va ensemble ? proposa Daniel.

— Et qui te dit que je veux y aller, et surtout avec toi ? m'esclaffai-je.

— Allez, ce sera marrant ! Tu verras enfin comment on s'amuse en ma compagnie.

L'arrivée du prof interrompit notre conversation.

En fin de journée, je me sentais beaucoup mieux. Les deux dernières heures étaient passées sans que je m'en aperçoive. Daniel n'avait pas arrêté de me taquiner et avec sa joie de vivre contagieuse il avait réussi à me redonner le sourire.

On se dit au revoir dans la cour.

— À demain, Sanders. Ou même avant, je suis toujours à ta disposition !

Il rit en me regardant dans les yeux.

— Tu rêves, mon vieux ! pouffai-je.

— Je suis de bonne humeur, c'est pour ça. J'ai passé la nuit à penser aux objectifs à atteindre d'ici à la fin de l'année scolaire, et j'en ai trouvé un, expliqua-t-il sérieusement.

— Lequel ?

— Toi ! répondit-il avec un sourire craquant.

Mes joues s'empourprèrent.

— Tu es mignonne quand tu rougis, dit-il. Je vais te sortir d'autres trucs de ce genre pour te voir réagir comme ça plus souvent !

Il me plaqua un baiser sur le front et s'en alla en sautillant. Je le suivis des yeux, interdite.

Ce fut seulement grâce à mon frère Ricky que je réussis à redescendre sur terre.

— Lucy, mais qu'est-ce qui t'arrive ? s'était-il écrié. On dirait que tu viens de voir un fantôme !

Il agita la main devant mes yeux.

— C'est juste... Non, rien ; allons-y.

On prit le chemin du retour, mais la journée n'était pas encore terminée. Quelqu'un, là-haut, voulait encore me mettre à l'épreuve...

Une voiture noire, qui semblait nous suivre, ralentit jusqu'à notre hauteur, puis continua de rouler à la même allure que nous. Quand la fenêtre s'ouvrit et que je reconnus mon père, je poussai un cri, effrayée.

Mon frère serra les poings, les traits déformés par la colère. Il étendit le bras devant moi, comme s'il voulait me protéger.

— Montez dans la voiture, ordonna papa. Il faut qu'on parle.

29

« … Vous arrêterez de me détester sans aucun motif. »

— Non ! répondit Ricky.

Je restai figée : comment cet homme osait-il nous parler ainsi ? Il nous avait abandonnés des années plus tôt sans un mot d'explication, et maintenant, il exigeait qu'on lui obéisse ?

— Je dois vous parler ! insista-t-il. Il s'agit d'une chose importante, qui est restée cachée depuis trop longtemps, et que j'ai besoin de vous révéler. Comme ça, vous arrêterez de me détester sans aucun motif.

J'écartai le bras de Ricky et m'approchai de mon père pour le regarder droit dans les yeux. Je l'aurais giflé ! Il avait gâché notre enfance, et surtout celle de Ricky, qui avait grandi sans modèle masculin.

— Arrêter de te détester sans motif ? éclatai-je. Tu rigoles ! Des motifs, nous en avons à la pelle, cher papa ! Mais non, tu ne mérites pas d'être appelé comme ça. Ce que tu as à nous dire ne m'intéresse pas. Tu ne réussiras jamais à me faire changer d'avis sur toi.

J'étais dure, c'est vrai ; mais la colère qui couvait en moi depuis des années avait fini par déborder.

— Si tu savais ce qui s'est passé en réalité, Lucy, je suis sûr que...

Je l'interrompis :

— Je m'en fiche ! Trop tard pour t'expliquer : tu aurais dû le faire avant de partir.

— Je ne pouvais pas ! Votre mère me l'a interdit, lâcha-t-il.

Ricky me rejoignit, intrigué.

— Maman ? Qu'est-ce qu'elle a à voir là-dedans ?

Notre père jeta un coup d'œil dans le rétroviseur et lança :

— Montez, on bloque la circulation.

Je saisis le bras de Ricky.

— On ne va nulle part ! déclarai-je.

— Et s'il disait la vérité ? Je veux savoir ce qui s'est passé, Lucy. Si ça se trouve, il ne l'a pas fait sans raison, dit-il d'une voix tremblante.

Incroyable ! Une seule phrase du traître avait suffi pour lui faire un lavage de cerveau !

— Lucy, écoute-moi, s'il te plaît ! fit papa. Ensuite, tu décideras si tu dois me croire ou non.

Je finis par me rendre. Je n'avais pas le choix : je ne pouvais pas laisser Ricky aller seul avec lui. Il nous fallait affronter cette situation ensemble.

Je montai dans la voiture et, une fois installée à l'arrière avec mon frère, je pris sa main pour lui donner du courage. Il était inquiet et déstabilisé, je le lisais dans ses yeux ; il avait besoin de mon soutien. Il avait l'air fanfaron et sûr de lui, mais en réalité, quand il s'agissait de notre père, il était bien plus vulnérable que moi.

Personne n'ouvrit la bouche jusqu'à ce qu'on s'arrête devant un immeuble. C'était donc là que vivait mon père ? Ce n'était pas très loin de chez nous, et je me demandai comment on avait fait pour ne pas le croiser pendant toutes ces années...

— Venez, les enfants ! Je vous offre un chocolat chaud, proposa-t-il en éteignant le moteur.

J'attendis avant de sortir de voiture. Je voulais m'assurer que Ricky était bien décidé à faire face aux révélations de notre père. Ce que nous allions découvrir pouvait changer notre vie.

— Ricky, tu es sûr ?

Il sourit :

— Sûr !

Nous suivîmes notre père dans son appartement. Comme je m'y attendais, l'endroit était soigné et accueillant ; il avait toujours eu un excellent goût en matière de déco. En fait, c'était lui qui avait choisi les meubles et les couleurs assorties pour ma chambre.

Une fois assis sur le canapé, nous examinions les lieux en attendant qu'il revienne avec le chocolat, exactement comme quand on était petits. Les soirs où Ricky et moi avions du mal à nous endormir, papa nous installait sur le canapé du salon, allumait une lampe sur la table basse et nous apportait des tasses colorées pour ensuite nous raconter une fable.

Lorsqu'il revint enfin, il se laissa tomber dans un fauteuil face à nous. Je remarquai qu'il était aussi nerveux que nous.

— Je ne sais pas par où commencer..., soupira-t-il. J'ai gardé cette histoire en moi depuis tant d'années, respectant la volonté de votre mère… Je voulais aussi attendre que vous grandissiez avant de vous raconter certaines choses…

— Commence par le début, papa, murmura Ricky.

Notre père sursauta en entendant mon frère l'appeler « papa ». Un instant, je crus qu'il allait éclater en sanglots, mais il réussit à se maîtriser.

— D'accord… Comme vous le savez, la relation entre votre mère et moi allait déjà mal avant qu'on se quitte. Ce que vous ne savez pas en revanche, c'est que ces années-là, elle fréquentait un autre homme, et que je l'avais découvert. Oui, votre mère me trompait, mais je lui avais pardonné parce que je ne voulais pas détruire notre famille. Elle m'avait promis qu'elle mettrait fin à cette relation, mais un soir – celui où je suis parti – elle m'a dit qu'elle était amoureuse de cet homme et qu'elle ne voulait plus rester avec moi. Ses paroles blessèrent mon orgueil, je me sentis perdu et très en colère, je partis sans rien dire. Je voulais être seul, loin de cette famille que j'avais tant désirée et qui d'un jour à l'autre m'avait été arrachée. Si je ne me suis pas battu pour avoir votre garde, c'est que je savais que je n'arriverais jamais à vous élever seul. Vous aviez besoin d'une mère qui prenne soin de vous. C'est pourquoi je vous ai laissés avec elle. J'ai préféré m'éloigner, car ça me faisait trop mal de voir chaque jour tout ce que j'avais perdu. Plus tard j'ai compris que ç'avait été une erreur, mais j'ai persévéré. Je n'avais pas le courage d'affronter vos regards pleins de haine. Mais je souffre de votre absence. Je souffre de ne pas vous entendre rire, pleurer, même vous disputer…, acheva-t-il d'une voix tremblante tandis qu'une larme coulait le long de sa joue.

Je l'écoutais, sidérée. Je n'arrivais pas à y croire ! Ma mère l'avait trompé, et je pouvais même deviner avec qui : mon prof de maths.

— Ce n'est pas possible…, murmura Ricky. Pendant toutes ces années, je t'ai détesté, alors que tu n'y étais pour rien. Je suis désolé, papa.

« Maman ne nous a jamais rien dit… Il a fallu que je la surprenne pour que la vérité éclate », me dis-je.

— J'ai besoin de prendre l'air, dis-je avant de me lever et de sortir de l'appartement.

La vérité était dure à digérer. Ma mère avait toujours dit que papa ne nous aimait pas, qu'il nous avait abandonnés parce qu'il était égoïste. Mais la seule personne véritablement égoïste, c'était elle. Après avoir fichu son mariage en l'air et jeté dehors un mari disposé à lui pardonner, elle osait nous mentir !

Une fois devant la maison, je me laissai emporter par les émotions que je m'étais efforcée de maîtriser devant Ricky et mon père. En larmes, je me laissai tomber sur les marches, secouée par les sanglots.

Soudain, mon portable sonna. C'était Daniel. Je répondis aussitôt, sûre qu'entendre sa voix me ferait du bien.

— Alors, Sanders, tu as pensé à ma proposition d'aller à la soirée de Clarisse avec moi ?

— Daniel…, articulai-je péniblement, s'il te plaît, viens me chercher.

— Tu es où ? demanda-t-il, affolé.

Quelques minutes plus tard, il était là.

Il ôta son casque et m'étreignit avec force.

— Chut... Ça va aller, souffla-t-il tendrement en me caressant les cheveux.

— Emmène-moi loin d'ici, lui demandai-je, au bout de quelques instants.

Il me prit par la main et me fit monter sur la moto. Tandis qu'on filait à toute vitesse entre les voies, je m'efforçais de ne penser qu'au présent ; je ne voulais pas imaginer ce qui allait se passer le soir à la maison au retour de ma mère.

Daniel gara sa moto sur la promenade du bord de mer.

— Je ne savais pas où t'emmener... Si tu préfères aller ailleurs, on part tout de suite, dit Daniel en m'aidant à ôter le casque.

— Non, c'est très bien. J'aime cet endroit, murmurai-je.

Le ciel était couvert, et l'océan plus agité qu'à l'habitude : parfait reflet de mon état d'âme. J'enlevai mes chaussures et laissai le sable me caresser les pieds tandis que nous marchions en silence vers la rive.

— Qu'est-ce qui s'est passé ? finit par demander Daniel.

— J'étais... j'étais chez mon père, balbutiai-je.

Je lui racontai notre discussion. Il m'écouta avec attention.

— ... Merci d'être venu me chercher..., dis-je en serrant sa main.

— Pas de problème. Je ferais n'importe quoi pour que tu te sentes mieux.

— Un autre de tes trucs touchants pour me faire craquer ? plaisantai-je.

Le fait de tout lui raconter m'avait remis le moral à zéro, il fallait que je me change les idées.

— Oups, j'ai été découvert, s'esclaffa-t-il. Non, sérieux, pour une fois, je suis content d'avoir servi à quelque chose.

— Comment ça ?

— Je ne t'ai pas été très utile avec Dylan. Notre plan n'a pas marché. Par contre, aujourd'hui, je t'ai sauvée d'une situation qui te faisait souffrir... Je suis heureux de t'avoir appelée au bon moment. Sinon, je ne serais pas là avec toi maintenant.

— Je ne t'utilise pas, Daniel. Je tiens vraiment à toi, lui dis-je avec la plus grande sincérité. Sinon, je ne serais pas là non plus...

— Ça me fait plaisir. Et je ne plaisantais pas, je ferais vraiment n'importe quoi pour que tu te sentes mieux.

Il me caressa le visage et coinça une mèche de mes cheveux derrière mon oreille. Ce fut plus fort que moi : je me mis sur la pointe des pieds et l'embrassai.

Je me sentais très proche de lui. Depuis qu'il était arrivé au lycée, il était toujours là quand j'avais besoin de lui et il réussissait à me faire sourire.

Avec lui, je ne commettrais plus d'erreur. J'avais trouvé quelqu'un qui, j'en étais sûre, ne me décevrait pas, et je voulais le garder.

— Pourquoi ce baiser ? demanda Daniel.

— Parce que je ne veux que toi.

30

L'amour pouvait-il vraiment reléguer en seconde place des années d'amitié ?

— Encore cinq minutes de course ! cria Clarisse pour se faire entendre du groupe.

Ce n'était pas ma manière préférée de conclure une journée… Je détestais passer les après-midi au gymnase à effectuer de stupides chorégraphies, avec la voix aiguë et agaçante de Clarisse en fond sonore. La seule chose qui me motivait un peu était le fait que la fin de l'année approchait à grands pas et que tout serait bientôt terminé.

Après l'entraînement, Beth me prit à part :

— … Il faut qu'on trouve deux heures pour se préparer ! Il s'agit quand même de la dernière fête chez Clarisse, il y aura plein de monde. Il faut qu'on soit parfaites ! Toi, pour Daniel ; moi, pour un mec de terminale. Il faut que je tape dans l'œil de quelqu'un pour rendre Tyler jaloux…

Beth était en train de tout organiser dans les moindres détails. Je l'écoutais à peine : ce qui comptait, c'était que j'allais à la soirée avec Daniel.

La veille au soir, après notre balade en bord de mer, Daniel m'avait proposé d'aller manger une pizza. J'avais accepté pour retarder le retour à la maison.

Ma mère m'aurait questionnée sur ma journée et, moi, je n'avais pas envie d'aborder ce que papa nous avait révélé. Ricky lui avait raconté qu'il restait dormir chez un copain, alors qu'il était chez papa.

Daniel m'avait raccompagnée à la maison seulement à deux heures du matin ; maman dormait déjà. Ce matin, j'avais utilisé la même tactique : je m'étais éclipsée tôt pour ne pas avoir à lui parler. Elle m'avait laissé deux messages et avait essayé de m'appeler, mais je ne lui répondis pas. Je savais que tôt ou tard je devrais l'affronter, mais je n'étais pas prête.

— J'espère que tu vas rencontrer quelqu'un qui te traitera mieux que Tyler, dis-je à ma meilleure amie.

Ce mec ne faisait que la blesser ! Pourquoi voulait-elle le rendre jaloux, au lieu de s'intéresser à d'autres garçons ?

L'équipe de foot terminait son entraînement. Je remarquai Tyler, qui lui souriait et lui faisait un clin d'œil. Voilà comment elle retombait dans ses filets…

— Je le déteste ! C'est un salaud, il me traite mal, mais je n'arrive pas à me l'ôter de l'esprit, lâcha Beth, toute rouge. Tu veux bien qu'on change de sujet ?

Je n'insistai pas, car je venais d'apercevoir Daniel. Je commençais à le voir avec des yeux nouveaux. J'avais l'impression que, après notre balade de la veille, mes sentiments à son égard avaient évolué.

Dylan, mon « meilleur ami » ne savait rien de l'histoire de mon père. J'avais bien essayé de l'appeler, pour le mettre au courant, il ne m'avait répondu qu'à la troisième tentative, pour me raconter son après-midi parfait avec Caroline : ses regards, sa voix douce, blablabla…

Je ne pus lui parler : il avait raccroché car sa chérie était en train de l'appeler. L'amour pouvait-il vraiment reléguer en seconde place des années d'amitié ?

— C'est bon pour aujourd'hui. Vous pouvez y aller, déclara enfin Clarisse.

Mon regard était scotché à Daniel. Il s'en aperçut et me rejoignit avec un sourire craquant. Mon cœur battait à mille à l'heure, et ce n'était pas dû à l'effort accompli…

— Lucy, tout va bien ? demanda Beth.

Puis elle regarda dans la même direction que moi et comprit.

Une fois à côté de nous, Daniel ôta son maillot. Ce simple geste suffit pour me faire perdre les pédales. J'eus un mal fou à avoir l'air imperturbable. Aucune fille ne pouvait rester indifférente devant un garçon aussi beau et aussi bien bâti.

— Salut, Lucy ! fit-il avant de me faire la bise.

— Salut, Daniel.

— Je vois que tu as terminé l'entraînement ? Je t'attends sur le parking, dit-il, les yeux fixés sur mes lèvres.

— Et si j'avais d'autres plans pour l'après-midi ? le provoquai-je.

Il s'avança d'un pas, écarta une mèche de mes cheveux, et me murmura à l'oreille :

— Je suis certain que ce que j'ai à te proposer est beaucoup plus intéressant…

Il s'écarta et ajouta :

— À tout à l'heure, alors. Salut, Beth.

Une fois qu'il se fut suffisamment éloigné, Beth vint se placer devant moi, m'empêchant de le voir. Elle avait l'air émue.

— Oh, Lucy. À ta place, je lui courrais déjà après ! Il est trop beau ! Je ne comprends pas pourquoi tu continues à perdre ton temps avec… Oh, salut, Dylan !

Je me retournai : mon meilleur ami venait vers moi, l'air bizarre. Je le vis jeter un regard assassin vers Daniel.

— Hé… Mais il y a quelque chose entre vous deux ? J'avais entendu dire que c'était terminé, lâcha-t-il.

— Et s'il y avait quelque chose, ce serait un problème ? répliquai-je, agacée.

Pourquoi ne restait-il pas avec sa chérie, au lieu de gâcher le moment où j'arrivais enfin à ne plus penser à lui ?

— Il te dévore des yeux, et…

— On est de nouveau ensemble, le coupai-je.

— Ah, se contenta-t-il de dire.

— Ça ne va pas, Dylan ? intervint Beth en se retenant de rire. Tu es un peu pâle…

Il ignora sa remarque et lança :

— Je te demande juste de faire attention, Lucy. Et si tu as besoin de moi, sache que je suis là.

« Je te déteste, Dylan ! Va te faire voir ! » pensai-je en le regardant s'éloigner.

— Allons-y. Il ne faut pas faire attendre Daniel, s'esclaffa ma meilleure amie.

Elle me prit la main et m'entraîna dans les vestiaires.

En moins de dix minutes, je réussis à me doucher et me changer : un nouveau record personnel. J'avais toujours été rapide, mais cette fois, je me surpassai.

En sortant, je le vis au loin, appuyé contre sa moto, en train de regarder quelque chose sur son portable.

— Bon après-midi ! me lança Beth avant de s'en aller.

Daniel me fit un grand sourire :

— Je savais que tu allais céder !

— Uniquement parce que Beth avait autre chose à faire, dis-je pour ne pas lui donner satisfaction.

— Bien sûr, je te crois… Tiens, mets ton casque !

Ce n'est qu'après qu'il eut démarré que je m'autorisai un sourire. Il ne m'était jamais arrivé d'être aussi bien avec quelqu'un d'autre que Dylan, et cette nouveauté me plaisait énormément. Après toutes ces années de friendzone, je méritais de rencontrer un garçon avec qui je me sente comme ça.

Un peu plus loin, Daniel s'arrêta au passage pour piétons pour laisser passer deux personnes : Dylan et Caroline.

De toute évidence, mon meilleur ami me reconnut, mais il ne dit rien. Il me suffit de voir son regard pour comprendre que ça ne lui plaisait pas du tout de me voir sur cette moto. Alors, pour le contrarier encore plus, je me serrai fort contre Daniel. Quand ils se furent éloignés, je poussai un gros soupir de soulagement.

— Cela faisait longtemps que tu n'avais pas mis les pieds chez moi ! plaisanta Daniel en ouvrant la porte de sa maison.

Je ris.

— Oh oui ! Ça doit bien faire vingt-quatre heures…

Je venais de poser mon sac sur la petite table de l'entrée quand Daniel me souleva de terre. Un instant plus tard, nous étions allongés sur le canapé à rire et à chahuter comme deux gamins. Puis son regard se posa sur mes lèvres, et il perdit toute trace d'innocence.

Le baiser fut intense et brutal, comme si nous attendions ce moment depuis trop longtemps. Je m'agrippai à ses bras, tandis que nos lèvres continuaient de se chercher avec avidité.

Ses baisers se déplacèrent lentement de ma bouche à mon cou, mon point faible. La tension montait vite ; encore quelques baisers, et nous pourrions aller plus loin.

Je saisis le bord de son tee-shirt, et ce fut à ce moment que la voix de Dylan résonna dans ma tête : *Je te demande juste de faire attention… Et si tu as besoin de moi, sache que je suis là*. Je l'envoyai mentalement promener, et je reportai de nouveau mon attention sur le garçon bien réel qui était avec moi en ce moment, et qui, à la différence de Dylan la veille, m'avait écoutée et avait essayé de me changer les idées.

31

« Tu es… tu es vraiment bien. »

— Crois-moi, le maquillage est fondamental, Lucy. Tu ne peux pas te contenter de ton mascara. Laisse-moi faire, lança Beth.

Elle saisit un grand pinceau et commença à m'étaler du fard sur les joues. J'eus du mal à rester tranquille, tant elle me chatouillait.

Beth était douée pour le maquillage, c'était l'une de ses grandes passions. Elle regardait sur YouTube les vidéos de pros de cet art, et arrivait à suivre leurs indications pas à pas. Moi, la seule fois où j'avais essayé, j'avais juste réussi à mettre du fond de teint, et encore. Ce jour-là, j'avais compris que ce n'était pas pour moi… Je me contentais donc d'un simple mascara.

— La salle de bains est encore occupée ! se lamenta Ricky dans le couloir. Lucy, ouvre tout de suite !

Beth soupira : elle détestait être dérangée au beau milieu de ses prestations. Je me levai du siège des W-C où j'étais assise et j'allai ouvrir.

— Qu'est-ce que tu veux ?

— Vous pouvez m'expliquer pourquoi les nanas restent enfermées des heures dans la salle de bains ? Et, en plus, toujours ensemble ?

— Dis donc, on bosse, nous ! répondit Beth à ma place. Je dois rendre ta sœur présentable pour la soirée.

— Quelle soirée ?

— Clarisse organise la dernière fête de l'année. De toute façon, toi, tu ne peux pas venir, tu sais bien que maman ne te donnera pas l'autorisation, lui dis-je.

Bien sûr, Ricky avait seize ans, ce n'était plus un gamin... mais notre mère le connaissait bien et n'avait pas entièrement tort de se méfier de lui.

— C'est injuste ! soupira-t-il. Bon, les filles, là, j'ai envie de pisser. Sortez !

— Ricky, je termine mon boulot, et on te laisse rentrer, OK ? dit Beth.

Deux heures plus tard, nous étions prêtes. Deux heures de : « Non, ça ne me va pas ! », « Mais je suis trop grosse. Lucy, je vais faire un régime »... Deux heures de stress, et tout ça pour quoi ? pour une stupide fête. Si ma meilleure amie se préparait de cette manière pour la fête de Clarisse, de quoi elle serait capable pour le dernier bal de l'école ?

C'est ma mère qui nous conduisit à la fête. En fait, je n'avais pas encore trouvé le courage de lui dire que nous savions la vérité sur son histoire avec papa, et comment elle nous avait menti pendant des années en prétendant que c'était lui, l'égoïste... J'attendais le bon moment pour lui parler, et je voulais que ce soit Ricky qui décide. J'avais eu beaucoup de mal à le convaincre de rentrer à la maison : il aurait préféré rester chez papa.

Lorsque maman nous déposa devant chez Clarisse, il y avait déjà foule, alors que la fête venait à peine de commencer. Quelques personnes étaient allongés sur la pelouse, d'autres se tenaient au balcon du premier étage, mais la plupart se trouvaient à l'intérieur. Je savais déjà qu'il allait être impossible de bouger là-dedans.

— Prête pour terminer avec moi ces années d'enfer ? demanda Beth en me serrant la main.

Nous avions traversé tant de choses ensemble, Beth et moi... Elle était l'amie qui est toujours là, avec qui on partage des larmes de tristesse et des larmes de joie, celle qu'on peut appeler à toute heure du jour et de la nuit. Celle avec qui on affronte ses pires journées de cours, à qui on se confie au sujet du garçon qui vous plaît. Beth était tout cela pour moi.

— Je me rappelle la première fois qu'on est venues ici en cachette, avec l'excuse d'une soirée pyjama..., m'esclaffai-je.

— On a drôlement changé depuis, commenta Beth.

— Allez, c'est parti pour le fun ! dis-je en l'entraînant à l'intérieur.

Comme je l'avais prévu, c'était irrespirable. Mais peu importait, nous voulions juste nous amuser et oublier nos problèmes avec Tyler et Dylan que, chose bizarre, nous n'avions pas rencontrés dehors. Peut-être avaient-ils décidé de ne pas venir... C'était ce que j'espérais.

On se mit à danser et à chanter à tue-tête, jusqu'à ce que je sente deux mains se poser sur ma taille. Je me retournai : Daniel ! Il me regarda de la tête aux pieds et sembla surpris de me voir aussi différente.

— Tu es… tu es vraiment bien, cria-t-il pour se faire entendre par-dessus la musique.

— Euh… je vais chercher quelque chose à boire, fit Beth pour nous laisser seuls.

— Merci ! fis-je en réponse au compliment de Daniel.

Il ne cessait pas de me fixer, admiratif. C'était bon de se sentir appréciée. Cela ne m'était jamais arrivé avec Dylan, qui ne regardait que Caroline. Il remarquait tout : quand elle se coupait les cheveux, quand elle changeait la couleur de son vernis à ongles, quand elle portait des vêtements ou des chaussures neuves, quand elle avait l'air heureuse, et quand elle avait l'air triste…

Daniel me prit le visage entre ses mains et me donna un tendre baiser. Tout à coup, nous nous retrouvâmes comme dans une bulle… Nous étions si bien ! Ses mains glissèrent lentement sur mes hanches, tandis qu'il s'écartait de mes lèvres avec le plus beau sourire du monde.

Serrés l'un contre l'autre, nous dansions lentement, bien que la musique qu'on passait ne soit pas un slow. J'aurais voulu que tous les soirs de ma vie ressemblent à celui-ci… Quel dommage que Daniel n'ait pas emménagé à Cannon Beach avant qu'on commence le lycée ! J'aurais parié n'importe quoi que je serais tombée amoureuse de lui, au lieu de fantasmer au sujet de mon meilleur ami.

Soudain, je remarquai des cheveux blond foncé et des yeux verts… Mon frère ! Il tenait un verre à la main et se frayait un passage au milieu de la foule.

— Ricky ! m'écriai-je.

Il se sauva à toutes jambes, et je le perdis de vue.

— Hé, Lucy… qu'est-ce qui se passe ? demanda Daniel.

— Mon frère est là, alors que ma mère le lui a interdit.

— Ne t'en fais pas. Laisse-le s'amuser ! On le retrouvera en fin de soirée, d'accord ?

Je décidai de suivre son conseil. J'espérais juste que Ricky n'allait pas exagérer avec l'alcool…

— Viens, retournons danser.

Beth nous rejoignit et se mit à danser avec nous. Elle s'entendait très bien avec Daniel ; on aurait dit qu'ils se connaissaient depuis toujours.

Pendant que nous nous reposions en buvant un verre, Daniel nous parla des fêtes de Los Angeles, certainement plus grandes et plus folles que celles de Clarisse.

Tout se passait bien, trop bien… Et puis je vis Dylan et Tyler, et je sentis l'air me manquer. Ma joie s'évanouit comme par magie.

Manifestement, la présence de Daniel contrariait Dylan. Qu'est-ce que ça pouvait bien lui faire ? J'avais le droit de fréquenter qui je voulais, ce n'était pas lui qui allait décider pour moi !

— Hé, Sanders, qu'est-ce que tu t'es mis sur la figure ? fit Tyler avec son tact habituel.

— Ne l'écoute pas, Lucy. Viens, on s'en va ! intervint Beth.

Seulement, Tyler lui agrippa le bras pour l'en empêcher.

— Vous vous amusez bien ? demanda Dylan, dont le regard passait de Daniel à moi.

— Oh oui ! Super, cette fête ! répondit Daniel en me prenant par la taille.

— Oui, je vois, lâcha Dylan, les yeux fixés sur le bras de mon petit ami.

Puis il se tourna vers son copain :

— Tyler, amène-toi, on va chercher Caroline. Elle vient de m'envoyer un message, elle arrive.

— Vas-y tout seul, mon pote, moi, je dois parler à Beth, répondit Tyler.

Je jetai un regard à Beth pour m'assurer qu'elle voulait vraiment être seule avec lui. Elle me fit un signe de la main, et j'entraînai Daniel vers un canapé qui se trouvait près de l'entrée.

— C'est ici que je t'ai vue la première fois, dit-il.

Eh oui, nous nous connaissions depuis un bout de temps… Et je l'avais rencontré à cet endroit précis, lors de ma première fête chez Clarisse, après avoir recraché une boisson dégoûtante.

— Je me rappelle… Ce n'était pas la plus romantique des rencontres.

— Le lendemain, quand je t'ai revue, j'ai inventé un prétexte pour te parler. J'avais très vite compris que tu étais différente des autres.

La soirée se déroulait à merveille. Je continuai à danser et à rire en compagnie de Daniel. Comme j'avais perdu Beth de vue, je lui avais envoyé un message. Elle m'avait répondu de ne pas m'inquiéter parce que tout se passait très bien avec Tyler. Je décidai donc de m'éclater moi aussi.

Daniel et moi nous amusions comme des petits fous à inventer des paroles de chansons en cherchant des textes complets mais insensés. De temps à autre, il me prenait par la main et me faisait faire un tour sur moi-même, pour ensuite me serrer contre lui.

Soudain, en jetant un coup d'œil par-dessus son épaule, je les vis.

Mon cœur se brisa : Dylan embrassait Caroline sur la bouche.

32

« J'adore quand tu souris. »

J'avais des tas de fois imaginé Dylan avec une autre. Il m'était arrivé de rêver de lui accompagné d'une fille, chaque fois différente. Le plus souvent, je me réveillais en larmes. Pourquoi je ne pouvais pas être à la place de la veinarde ? Je savais que je ne serais jamais aimée *comme ça* par lui, et je m'étais résignée. Mais nous, les filles, on aime croire que l'impossible peut arriver… Que quelque chose est en mesure de changer les règles du jeu. Alors, j'avais longtemps espéré que Dylan trouverait une fille incapable de le rendre heureux, afin qu'il se rende enfin compte que j'étais celle qu'il lui fallait.

Dommage que les choses ne se soient pas du tout déroulées ainsi…

Dylan serrait contre lui le corps svelte de Caroline, et repoussait de temps à autre une mèche de ses cheveux derrière son oreille sans cesser de l'embrasser. Ils avaient l'air éperdument amoureux l'un de l'autre.

J'étais submergée par des émotions contradictoires.

— Lucy, tout va bien ? s'inquiéta Daniel.

Il regarda dans la même direction que moi et grimaça.

— Je comprends…, fit-il.

Sans répondre, je me retournai et traversai la salle en me frayant un passage parmi les danseurs. Une fois dehors, je courus vers l'arrière de la maison, où il y avait un petit jardin. Je m'effondrai sur l'herbe et éclatai en sanglots. « Dylan et Caroline. Dylan et Caroline. Dylan et Caroline. » C'était la seule pensée qui me venait à l'esprit.

Peu après, quelqu'un me toucha l'épaule. Daniel... Il était toujours là pour moi, même en ce moment, alors qu'il aurait pu être en colère : j'étais avec lui, et je pleurais parce que j'avais vu mon meilleur ami embrasser une autre fille.

— Je suis désolé, murmura-t-il, et je me sentis encore plus coupable.

— Moi aussi, je suis désolée d'avoir réagi comme ça devant toi. Ce n'est pas juste pour toi, articulai-je.

— Tu n'as pas à t'excuser. C'est normal.

Ce n'était pas normal : ça ne l'était plus depuis que je m'étais promis de laisser tomber.

— Écoute, Lucy, ça ne vaut pas la peine..., poursuivit-il en me prenant doucement la main. Tu te sens triste, et blessée par le garçon que tu aimes, mais crois-moi, dans quelques mois, tu te demanderas pourquoi tu avais tant pleuré pour une personne qui ne le méritait pas. Tu iras de nouveau bien, car tu auras auprès de toi quelqu'un qui t'aimera et qui saura t'apprécier. De toute façon, il ne sait pas ce qu'il perd ! Il ne s'est pas rendu compte qu'il avait auprès de lui une fille géniale. Il regrettera son choix ; seulement, là, ton cœur appartiendra déjà à un autre.

Les paroles de Daniel réussirent à me faire voir les choses différemment, j'essayai d'imaginer un futur où le nom « Dylan » n'aurait pour moi qu'un seul sens : ami. Combien de temps faudrait-il pour cela ?

— Un autre qui, évidemment, sera moi, ajouta-t-il en riant, et je ne pus m'empêcher de l'imiter.

Comment faisait-il pour que je me sente bien juste après avoir vu Dylan et Caroline ensemble ?

Il me regarda dans les yeux.

— J'adore quand tu souris.

— C'est uniquement grâce à toi.

Il me caressa la joue et m'enlaça. J'en avais tant besoin... Auprès de lui, je me sentais en sécurité. Nous restâmes là une bonne partie de la soirée, allongés dans l'herbe, à regarder le ciel étoilé.

— Si tu voyais une étoile filante, quel souhait ferais-tu ? voulut savoir Daniel.

Je réfléchis, mais rien ne me vint à l'esprit. Me serais-je comportée en égoïste en demandant que Dylan tombe amoureux de moi ? Aurais-je émis le vœu d'avoir la famille unie que j'avais autrefois ? Ou tout simplement aurais-je souhaité que le temps passe plus vite pour savoir ce qui arriverait dans le futur ?

— Je ne sais pas... Et toi, tu voudrais quoi ?

— La seule chose que je voulais est déjà ici près de moi, alors...

Il rit, comme pour me faire coire qu'il plaisantait alors que, moi, j'espérais qu'il le pensait vraiment... Je lui assenai un léger coup de poing sur le bras en faisant semblant d'être vexée.

— Quel idiot !

Je me levai d'un bond.

— Allez, retournons à la fête. Ne nous laissons pas gâcher la soirée.

À ma grande joie, je ne vis ni Dylan ni Caroline. Juste mon frère Ricky, qui avait l'air de s'éclater. Qu'est-ce qu'il avait encore fait comme bêtise ?

— Tu t'inquiètes pour ton frère ? demanda Daniel.

— Un peu… On ne peut jamais savoir ce qui lui passera par la tête.

— Je vais lui parler… Tu sais, entre hommes, on se comprend.

— Entre hommes ? m'esclaffai-je.

— C'est ça, rigole ! lança Daniel avant de s'éloigner.

Je me retournai vers le buffet pour prendre quelque chose à boire. Comme il n'y avait que des boissons alcoolisées, j'optai pour une simple bière. Je jetai un regard vers Daniel et mon frère, qui discutaient avec animation. Ça me faisait plaisir que Ricky s'entende bien avec mon petit ami.

— Oh, une petite Sanders perdue ! Tu t'amuses ? fit Dylan dans mon dos.

— Pas autant que toi ! ne puis-je m'empêcher de répondre. Vous êtes mignons, Caroline et toi… Je ne savais pas que, ce soir, tu avais l'intention de te lancer.

— Oh, désolé, je ne savais pas que ces choses-là se racontent aux meilleurs amis. Il y a les simples amis pour ça.

Je ne comprenais pas où il voulait en venir.

— Qu'est-ce que tu me chantes ?

— Ne fais pas l'idiote, Lucy. Pourquoi tu ne m'as pas dit que tu avais parlé avec ton père ?

— Comment tu le sais ?

Seules deux personnes étaient au courant : Ricky et Daniel. Je n'avais même pas eu le courage de le dire à Beth.

Elle avait déjà tant de problèmes avec sa propre famille…

— Ricky. Il m'a appelé l'autre soir pour savoir si tu étais chez moi, et ensuite il m'a tout raconté. Je suppose que Daniel est au courant ? Il faut croire qu'une personne que tu connais depuis quelques mois est plus importante que l'ami qui a toujours été à tes côtés…

— Alors, là, tu es gonflé ! Je pourrais dire la même chose de toi. J'ai essayé de t'en parler au téléphone, mais, toi, tu ne pensais qu'à ta Caroline. Depuis quand un nouvel amour surpasse-t-il une vieille amitié ? Au moins, cette « personne que je connais depuis quelques mois » a su m'écouter ! Daniel m'a aidée plus que tu ne l'as fait pendant toutes ces années.

Plus je parlais, plus je me sentais legère. Il était temps que je mette les points sur les i ! Garder tout ça en moi aussi longtemps m'avait fait trop mal.

— C'est bon, Lucy, on arrête là. Va retrouver ton chéri et amuse-toi bien !

— Je vais le faire. Mais sache que quand tu auras besoin de moi pour me parler de Caroline, je ne serai plus là, Dylan.

Je me tus, car Daniel nous avait rejoints. Dylan le foudroya du regard.

— Oh, voilà notre héros ! Bonne soirée à tous les deux ! siffla celui que je croyais être mon meilleur ami.

— Qu'est-ce qui s'est passé ? demanda Daniel quand Dylan eut tourné les talons.

— Rien… Désormais, ça n'a plus d'importance.

33

« J'ai perdu Dylan. »

Finalement, les fêtes de Clarisse n'étaient pas si mal... Encore un peu, et j'aurais regretté de ne pas avoir participé à toutes celles qu'elle avait organisées pendant les quatre ans de lycée...

Allongée sur mon lit, j'étais perdue dans mes pensées, avec pour fond sonore la chanson que je préférais entre toutes : *Nicest Thing*.

Je repensais aux moments passés en compagnie de mon meilleur ami et j'imaginais ce qui aurait pu se passer si mes sentiments avaient été partagés... Je nous voyais tous les deux dans mille situations différentes, au cinéma, à la mer... heureux et insouciants, suscitant l'envie de tout le monde. Seulement, Dylan se trouvait désormais loin de moi ; il n'était même plus mon ami. Nous avions tout gâché : moi par jalousie, lui, parce qu'il s'était senti trahi.

Combien de temps allait durer cette situation absurde ? Lui aussi devait se sentir mal. On ne fout pas en l'air des années d'amitié comme ça... J'étais sûre que, tôt ou tard, l'un de nous mettrait sa fierté de côté pour tout arranger. Il suffisait d'attendre.

Je me forçai à me lever pour affronter une nouvelle journée. Je me préparai à la hâte et sortis de chez moi. Beth m'attendait déjà dans la rue.

— Où étais-tu passée samedi soir ? demanda-t-elle pendant le trajet. Tu avais disparu.

— Moi ? C'est toi qui as disparu avec Tyler !

Je me retins de lui rappeler ce que je pensais de ce type. Beth le savait très bien, il était inutile d'insister.

— Ah oui, c'est vrai. On s'est réconciliés. Tyler a été vraiment chou ! On a enfin parlé calmement, et il m'a dit que je lui manquais à en crever. Il m'a avoué que si, au début, ça n'avait été qu'un jeu de sa part, maintenant, il n'arrête pas de penser à moi. Je t'assure, il n'est pas aussi insensible que tu le prétends.

— Ça, c'est parce que tu es amoureuse de lui... L'amour rend aveugle, c'est connu ! Du coup, tu ne vois que les aspects positifs de son caractère.

— Amoureuse est un bien grand mot, Lucy, déclara Beth. Toi, oui, tu es amoureuse de Dylan ! Moi, j'éprouve quelque chose pour Tyler.

— Non, lâchai-je, je ne suis plus amoureuse de lui.

— Oh, Lucy... Qu'est-ce qui se passe ?

— Rien ! Pourquoi ?

— Parce que tu dis ça seulement quand il y a un problème. Qu'est-ce que j'ai raté l'autre soir ?

— Je me suis disputée à mort avec lui.

— *Quoi ?* s'écria-t-elle.

Cela arrivait rarement qu'on se dispute sérieusement, mon meilleur ami et moi : habituellement, il s'agissait de petites altercations, dont il ne restait aucune trace le lendemain. Mais cette fois, c'était différent. Ce week-end, nous ne nous étions pas adressé la parole, et j'étais sûre que Dylan continuerait à ne pas me parler. Inutile de dire que je n'avais pas l'intention de le faire non plus…

— Il suffit que je vous lâche des yeux trois minutes, et c'est la cata ! soupira Beth. Allez, raconte !

Je lui parlai donc de l'histoire du baiser, avant de passer à la façon dont Daniel m'avait consolée. Enfin, j'en vins à ma dispute avec Dylan.

— … puis il est parti, après avoir lancé : « Oh, voilà notre héros ! Bonne soirée à tous les deux ! » Tu comprends maintenant ? J'ai perdu Dylan.

— C'est lui qui t'a perdue, Lucy. Tu n'as rien fait de mal. Dylan doit se fourrer dans le crâne que tu ne lui appartiens pas… Apparemment, il est jaloux de ta relation avec Daniel… C'est à se demander s'il n'éprouve pas quelque chose pour toi sans vouloir l'admettre, dit Beth.

Je secouai la tête : Dylan ne pouvait pas être amoureux de moi ! Sinon, il ne se serait pas mis avec Caroline et il ne m'aurait pas demandé des milliers de fois de me rapprocher d'elle pour savoir ce qu'elle pensait de lui.

— N'importe quoi ! répliquai-je. De toute façon, cela n'a plus d'importance. Maintenant, la seule chose qui compte pour moi, c'est mon histoire avec Daniel. Je ne veux pas la gâcher ! C'est un garçon génial ; je ne veux pas lui faire du mal.

Quand on arriva au lycée, Caroline et Dylan passèrent à quelques mètres de nous la main dans la main. Ils formaient un beau couple, aucun doute là-dessus. Caroline était radieuse et parfaite, comme toujours ; Dylan lui souriait, l'air si heureux…

« N'y pense pas ! Stop ! » me dis-je. Après avoir laissé Beth en compagnie de Tyler, je partis à la recherche de Daniel.

Il était le seul à pouvoir apaiser la tempête d'émotions qui me secouait.

J'errai dans les couloirs sans le trouver. Les minutes s'écoulaient ; le premier cours allait commencer... Mais où était-il passé ? Je lui avais envoyé un message, mais il n'avait pas répondu. J'étais presque arrivée à son casier quand, en tournant l'angle, je tombai sur Dylan, assis sur un banc. La personne que je ne voulais surtout pas voir ce jour-là se trouvait devant moi et me regardait, le visage dépourvu d'expression. Impossible de savoir s'il était content, agacé ou autre chose... Il était impassible.

— Sanders, comment ça se fait que tu sois seule ? Et ton prince charmant ? lança-t-il avec un sourire railleur.

Je me figeai : Dylan ne m'avait jamais parlé sur ce ton ! Bien sûr, parfois, il me taquinait, mais je savais très bien qu'il le faisait juste pour rire, et me faire sourire. Cette fois, je sentais que son intention était de me contrarier et de me faire perdre patience. Et ça marchait.

D'ailleurs, c'est le propre des personnes qui nous sont proches depuis longtemps comme elles nous connaissent mieux que quiconque, elles parviennent à utiliser nos points faibles à leur avantage.

— Ce ne sont pas tes oignons, Dylan, rétorquai-je. Occupe-toi plutôt de ta parfaite pom-pom girl. Ah, et n'oublie pas de noter combien de fois elle te regardera aujourd'hui... Elle pourrait te le demander.

— Ne me parle pas comme ça, Lucy. Et surtout, laisse Caroline tranquille.

Il se leva de son banc, l'air menaçant.

— Et toi, arrête de te mêler de ma relation avec Daniel. Laisse-moi tranquille et n'essaie pas de traîner dans la boue la seule personne qui montre qu'elle tient à moi. Alors que toi, tu fais tout pour me blesser.

— Te blesser ? Comment ça ? s'étonna-t-il en me regardant droit dans les yeux.

Je ne pouvais pas lui dire qu'il m'avait blessée pendant ces années d'amitié où il regardait toutes les filles sauf moi. Je n'aurais fait qu'empirer la situation. Je me contentai donc de dire :

— Ces derniers temps, tu n'as pensé qu'à Caroline. Caroline par-ci, Caroline par-là... Tu as repoussé les personnes qui t'étaient proches. Le jour où mon père m'a demandé d'aller chez lui avec Ricky, je t'ai appelé. Seulement, tu n'as pas voulu m'écouter. Tu m'as parlé pendant une demi-heure de ton stupide rendez-vous avec Caroline ! Et qu'est-ce que tu as fait quand je t'ai dit que j'avais besoin de te parler ? Tu as raccroché, car ta princesse t'appelait, et tu ne pouvais pas ne pas lui répondre. Je comprends que tu sois amoureux d'elle, mais ça ne veut pas dire qu'il faut rayer les autres de ta vie.

Ce n'était pas facile d'être aussi directe, mais je n'avais pas le choix.

Il se tut pendant une bonne minute, continuant juste de me regarder dans les yeux. Puis il prit une expression soupçonneuse et me posa la question que je redoutais le plus :

— Lucy, sois sincère. Tu ne serais pas jalouse d'elle, par hasard ?

« Oui, Dylan. Terriblement ! » Inavouable… Il me fallait trouver une voie de sortie.

— Je te dis que tu m'as blessée, et tout ce que tu as à me répondre, c'est que je suis jalouse de Caroline ? Je m'en vais…

Je fis un pas en arrière, mais Dylan m'agrippa le bras.

— Lucy, excuse-moi pour ce soir-là. Mais tu aurais pu me rappeler, au lieu de tout raconter à ton petit copain.

— Tu ne peux pas le blairer, hein ? Je te retourne la question : tu ne serais pas jaloux, par hasard ?

— Cette conversation est finie, déclara-t-il. Amuse-toi avec ce mec génial qui te traite comme une reine !

Sur ce, il me contourna pour s'en aller.

— Depuis que tu es avec Caroline, tu es devenu trop con ! criai-je dans son dos.

— Bla bla bla, répondit-il avec un geste moqueur.

J'étais hors de moi. Si j'avais eu un objet lourd sous la main, je le lui aurais jeté à la tête sans y réfléchir à deux fois.

34

« Tu es la meilleure ! »

— Hé, belle blonde, tu vas où ? demanda Daniel quand je sortis du dernier cours de la journée.

Une journée très pénible à cause de la tension qui s'était créée entre Dylan et moi. La dispute de la matinée avait creusé un gouffre tellement énorme entre nous que nous n'arrivions même plus à nous regarder. Nous nous étions dit des choses désagréables, et l'un des deux devait trouver le courage de s'excuser… J'estimais que ce n'était pas à moi de faire le premier pas.

Je souris à Daniel :

— Je rentre chez moi.

— Tu fais quelque chose de spécial cet après-midi ?

— Pas vraiment, mais je n'ai pas prévu de te voir pour qu'on travaille ensemble. La dernière fois, on n'a pas vraiment bossé…

Je me rappelai l'après-midi que nous avions passé ensemble, allongés sur le canapé, loin de tous. Toute rouge, j'essayai de dissimuler mon embarras.

— Oui, c'est vrai, mais c'était tout de même intéressant… Allez, viens chez moi ! insista-t-il. Je garde cinq gamins, de vrais petits démons, et j'ai besoin d'un coup de main.

— Je ne comprends toujours pas pourquoi tu continues à faire des petits boulots ! À ta place, je laisserais mes parents assumer leur rôle.

— Oui, mais tu viens ou non ?

Je réfléchis quelques secondes… Je n'avais rien à faire pour le lendemain, et l'idée de donner un coup de main à Daniel me plaisait. Nous passerions l'après-midi en compagnie de cinq petits démons, mais au moins, on serait ensemble.

— D'accord, je viens. Mais c'est la dernière fois que je t'aide, dis-je pour plaisanter.

Il m'enlaça et déposa un baiser sur ma joue.

— Tu es la meilleure ! murmura-t-il. J'ai hâte de terminer l'entraînement. On se voit après le tien.

J'avais oublié que Clarisse m'attendait avec ses pom-pom girls… « Dans un mois, ces exercices ridicules ne seront plus qu'un mauvais souvenir ! » me dis-je pour me donner du courage.

Une fois sur le terrain extérieur où l'équipe de football avait déjà commencé à s'échauffer, Daniel dit :

— File aux vestiaires rejoindre tes copines ! À tout à l'heure.

Il prit mon visage entre ses mains et m'embrassa sur la bouche. Un autre baiser suivit le premier, puis un autre… Lorsque Daniel s'écarta enfin, je remarquai Dylan au loin, les yeux fixés sur moi… Avait-il vu cette scène ?

Je haussai les épaules : cela n'avait plus d'importance, parce que j'avais Daniel et que j'étais heureuse.

L'entraînement fut plus pénible que d'habitude : ce lundi, Clarisse était d'une humeur de chien. Le bruit courait qu'un garçon, à la fête, lui avait posé un lapin ou que ses parents l'avaient découverte… En tout cas, elle ne nous concéda pas une seule minute de trêve.

Daniel m'attendait à la sortie près de sa moto ; il tenait déjà mon casque à la main. Il me tournait le dos.

Pendant que je m'approchais de lui, tout ce qui s'était passé entre nous me revint à l'esprit. Cela avait commencé à cause de Dylan, et s'était terminé d'une manière que je n'aurais jamais imaginée : à présent, nous étions ensemble tous les deux, et Dylan était avec sa Caroline. Dans le fond, c'était une histoire qui se terminait bien : moi, j'avais trouvé un garçon en mesure de remplacer Dylan, tandis que mon meilleur ami avait enfin conquis la fille de ses rêves. Dommage seulement que nous nous soyons disputés…

Je rejoignis Daniel sur la pointe des pieds et posai les mains sur ses yeux :

— Qui est-ce ?

— La fille la plus belle au monde ?

Je sentis mon cœur battre à mille à l'heure.

Il se retourna vers moi et lança, l'air déçu :

— Ah… mais ce n'est pas Megan Fox…

— Non, désolée… Va donc demander à ta chère Megan de t'aider avec les gamins cet après-midi, vu que tu y tiens tant, répondis-je en faisant semblant d'être contrariée.

Il s'esclaffa et me prit par la taille pour m'attirer à lui.

— Oh, mais tu es jalouse ! s'écria-t-il avant de me coller un bisou sur la joue. Rassure-toi, c'était une blague ! Allons-y. Les gamins nous attendent.

Une fois les petits démons déposés et les mères parties, je refermai la porte. Je craignais de me retourner et d'affronter la meute déchaînée.

Les enfants couraient déjà dans tous les sens en se tirant les cheveux. Les séparer n'était pas une mince affaire...

— Maintenant, ça suffit ! cria Daniel. Asseyez-vous sur le canapé et regardez la télé. Il y a du pop-corn, là, sur la petite table.

Il n'aurait jamais dû leur parler du pop-corn...

— Ouiii ! Bataille de pop-corn ! hurla l'un des gamins.

L'idée plut beaucoup à ses petits copains.

Une minute plus tard, la bataille faisait rage. Les enfants glapissaient en se jetant des poignées de pop-corn, qui recouvrait toute la pièce. Nous nous réfugiâmes dans une chambre à l'étage.

— C'est la dernière fois que j'accepte de t'aider ! soufflai-je en m'adossant à la porte.

— Sortez de là, trouillards ! cria une gamine à la voix perçante.

— Qu'est-ce qu'on fait ? chuchota Daniel.

— Il faut leur proposer un jeu qui nous plaisait quand on était petits. La seule manière de résoudre les problèmes avec les gosses, c'est de penser comme eux.

— Je ne sais pas..., dit-il, pensif, en marchant à travers la pièce.

Je réfléchis moi aussi et une idée me vint à l'esprit... J'ouvris la porte et je leur criai :

— Écoutez-moi, on va faire un jeu tous ensemble !

Les gamins, qui s'étaient amassés dans le couloir, me regardèrent, intrigués.

— Ça vous dit, de jouer à la famille ? lançai-je. Nous, on est vos parents.

— Ouiii ! crièrent-ils en chœur.

Daniel se mit à rire :

— Donc, maintenant, les enfants vont descendre sagement au salon pour dessiner et colorier, on est bien d'accord ?

— Oui, papa ! s'exclamèrent-ils avant de dévaler l'escalier.

— Quels bons parents nous sommes, dit Daniel en me serrant contre lui.

— Dis plutôt : quelle bonne maman tu es ! C'est moi qui ai trouvé la manière de les calmer !

— Hé, je participe, moi aussi.

Il prit un air boudeur qui me fit fondre. Il était trop craquant en gamin vexé !

— D'accord, papa !

— Tu es mignonne, conclut-il, et il déposa un baiser sur ma tempe.

Mon idée plaisait tellement aux enfants qu'ils faisaient tout ce que Daniel et moi leur demandions. Deux gamins proposèrent carrément de nous aider à préparer le dîner. Ils s'amusèrent comme des petits fous à découper les légumes pour la salade sous la supervision de Daniel.

Les parents qui vinrent les chercher en fin de soirée n'en crurent pas leurs yeux : les enfants, ravis, voulaient revenir le lendemain.

Finalement, il ne resta qu'un seul petit dont la maman devait passer un peu plus tard. Daniel le prit sur ses épaules et courut à travers la maison en faisant semblant d'être un avion.

Lorsque quelqu'un sonna à la porte, j'allai ouvrir, m'attendant à voir la maman retardataire. Mais c'était un couple d'une cinquantaine d'années ; lui avait des cheveux bruns bouclés, elle, des yeux couleur émeraude et les mêmes traits que Daniel… Ses parents ! Que faisaient-ils à Cannon Beach ?

— Bon… bonjour, balbutiai-je.

Ils m'examinèrent de la tête aux pieds pendant un long moment, sans dire un seul mot. La situation me mettait terriblement mal à l'aise… On voyait bien qu'ils se demandaient ce que je faisais là.

— Lucy, qu'est-ce que tu f… ? commença Daniel.

Il s'interrompit en les voyant.

— Qu'est-ce que vous faites là ? fit-il en déposant le petit par terre.

— Qu'est-ce qui se passe ici ? lança sa mère. On t'envoie à Cannon Beach pour étudier, et à peine deux mois plus tard, tu as déjà trouvé une petite amie ? Et cet enfant ? Qui est-ce ?

— Maman, arrête. Entre, je vais t'expliquer, la coupa Daniel.

Me sentant de trop, je lui murmurai à l'oreille :

— Il vaut mieux que je vous laisse seuls.

— Oui, en effet. Tu ne pourrais pas supporter la leçon de morale de ma mère. À demain, Lucy.

Il m'embrassa.

— À demain.

Sur le chemin du retour, je me disais que l'après-midi n'avait pas été ennuyeux, au contraire... Je m'étais carrément amusée ! Daniel et moi étions drôlement doués pour jouer les parents... Un instant, je m'étais même imaginée plus âgée, avec une famille, et cela m'avait plu...

Cependant, lorsque j'arrivai chez moi et que j'ouvris la porte d'entrée, je compris qu'il aurait mieux valu rester chez Daniel... Ricky était en train de parler à maman de notre rencontre avec papa. Il avait déjà dû tout lui déballer, vu qu'elle pleurait dans le salon, et qu'il la regardait à peine.

35

« Tu comptes toujours énormément pour moi. »

La discussion entre Ricky et ma mère fut tellement houleuse que le lendemain, en signe de protestation, mon frère décida de ne pas aller au lycée. En tant que sœur aînée qui devait le soutenir, je fus contrainte d'en faire de même. La veille, il avait dit à notre mère que ce qu'elle avait fait à papa, et aussi à nous, était dégueulasse et qu'il ne lui serait pas facile de retrouver notre confiance.

— Tu as faim ? demanda Ricky en entrant dans ma chambre.

— Pas beaucoup… Pourquoi tu as décidé de lui en parler hier soir ?

— Elle voulait nous emmener dîner avec Sullivan, et alors, ç'a été plus fort que moi. J'ai pensé à papa, et à la manière cruelle dont elle l'avait jeté. Je veux aller vivre avec papa ! expliqua-t-il, furieux.

— Elle ne te laissera jamais partir !

— Je n'ai pas besoin de son autorisation pour faire ce que je veux ! lança-t-il avant de sortir de la pièce.

Cela ne m'arrangeait pas de rester à la maison. Je risquais de rater des cours importants ; de plus, je ne verrais pas Daniel. Je me demandais comment ça s'était passé avec ses parents. Sa mère avait l'air drôlement énervée… Il faut la comprendre, elle arrive à l'improviste chez son fils, et tombe sur une fille qu'elle n'avait jamais vue et un gamin… Il faudrait que je patiente pour avoir des nouvelles de Daniel…

En attendant, je pris mon ordi pour traîner sur les réseaux sociaux. Sur Instagram, la première photo qui apparut était celle de Dylan et de Caroline.

Une superbe citation de Confucius figurait en dessous : « L'esprit a beau faire plus de chemin que le cœur, il ne va jamais aussi loin. »

Ça alors… Dylan n'avait rien d'un romantique ; il n'avait jamais aimé poster de commentaires sur les réseaux sociaux. Depuis que Caroline partageait ses sentiments, les choses avaient apparemment changé.

Je n'avais aucune envie de voir cette photo !

Au moment où j'avais décidé de me déconnecter, je sursautai en voyant arriver un message de… Dylan !

Dylan : *Je sais que ça ne va pas fort entre nous, mais ça ne veut pas dire que je ne m'inquiète pas pour toi. Des années d'amitié ne peuvent pas s'effacer comme ça… Pourquoi tu n'es pas au lycée ? Tout va bien ? Il s'est passé quelque chose avec ton père ? Si tu veux, appelle-moi pendant la pause déjeuner, ou envoie-moi un message. Je te répondrai tout de suite. Je t'aime. Dylan*

N'importe quoi ! Je n'avais pas besoin de lui. Les choses n'allaient pas bien entre nous, un point c'est tout. Il avait beau être mon meilleur ami, je ne voulais pas lui parler. La colère que j'éprouvais à son égard était trop forte.

Je ne l'appelai pas à l'heure du déjeuner. J'avais décidé de faire mes devoirs pour le lendemain. J'étais en train de bosser, concentrée à cent pour cent, quand la sonnette de la porte d'entrée retentit. Je criai à Ricky d'aller ouvrir : je ne devais penser qu'aux maths, vu que j'avais ma moyenne à remonter.

Mon frère frappa à ma porte et s'écarta pour laisser passer... Dylan. Qu'est-ce qu'il faisait là ? Les cours n'étaient pas encore terminés ! De plus, il souriait comme s'il ne s'était rien passé entre nous.

— Regarde qui est venu te rendre visite ! lança Ricky avant de refermer la porte.

Un silence embarrassant tomba sur la pièce. Dylan alla s'asseoir au bord du lit en évitant mon regard. Nous avions l'air de deux étrangers.

Je décidai de me lancer :

— Qu'est-ce que tu fais là ?

— Tu n'as pas répondu à mes messages, ni à mes appels, alors je me suis inquiété.

— J'avais peut-être des choses importantes à faire...

— Genre ? Bosser ? Oh, allez, Lucy, je te connais mieux que personne... Tu te caches parce qu'on s'est disputés et tu ne veux pas reconnaître tes torts.

— Je n'ai aucun tort, Dylan. Si je ne t'ai rien dit à propos de mon père, c'est parce que tu as préféré Caroline à moi.

Et voilà, nous étions revenus au point de départ... Je détestais être reléguée au second plan par mon meilleur ami. Cela me faisait mal de ne plus compter pour lui.

— Je sais, je me suis laissé distraire par autre chose… C'était une erreur. Mais on ne peut pas se fâcher pour une bêtise pareille !

— Ce n'est pas une bêtise, Dylan. Du moins, pas pour moi. Écoute, je ne vois pas de problème si tu es enfin heureux avec Caroline ; cela me fait même plaisir. Mais ça ne signifie pas que les personnes qui ont toujours été à tes côtés doivent être mises au placard parce que tu n'as plus besoin d'elles. On dirait que notre amitié n'a plus d'importance pour toi.

Je m'efforçai d'être le plus sincère possible.

— Tu comptes toujours énormément pour moi, Lucy. Je ne serais pas là en ce moment si ce n'était pas vrai… Ça me fait trop mal qu'on se dispute… Je ne supporte pas de te voir aussi distante ! C'est pour ça que j'ai séché les cours. Je voulais te parler tranquillement, sans Caroline et sans Daniel.

Il prononça ce dernier nom avec dégoût.

— On est plus vieux maintenant, on devrait pouvoir se comprendre. Je suis désolé de t'avoir négligée. Faisons comme s'il ne s'était rien passé, OK ?

Tout effacer et repartir de zéro ? Oui, ça valait le coup d'essayer… Je ne voulais pas renoncer à Dylan.

— D'accord…, murmurai-je.

Le visage de Dylan s'illumina. Il se précipita vers moi pour me serrer dans ses bras.

— Mais si tu fais encore une fois passer notre amitié au second plan, je te jure que tu ne me reverras plus, le prévins-je.

— Plus jamais, Lucy ! Je te le promets, dit-il en m'étreignant avec force.

J'avais l'impression que des mois s'étaient écoulés depuis notre dispute. Nous avions plein de choses à nous raconter. Je me confiai sur mes parents, tandis que lui me parla de Caroline, à qui il commençait à trouver quelques défauts. Elle avait un caractère anxieux, ce qui en était un pour Dylan.

Comme les après-midi passés avec lui m'avaient manqué… Nous décidâmes de dîner ensemble dans la foulée ce soir-là. Beth et Tyler furent conviés eux aussi en souvenir du bon vieux temps, et la soirée fut vraiment géniale.

36

« Tu m'as manqué... »

Me réconcilier avec Dylan et passer une soirée en compagnie de mes amis m'avait fait du bien, d'autant que chez moi les choses étaient toujours compliquées. Au moins, un problème – le plus important – était résolu : Dylan était redevenu mon meilleur ami.

Lorsque j'arrivai au lycée le lendemain, j'étais la fille la plus heureuse du monde. Il ne manquait qu'une chose pour que mon humeur soit parfaite : voir Daniel. J'avais envie de l'enlacer, de le serrer contre moi, de l'embrasser. Je ne me reconnaissais pas ; je n'étais pas quelqu'un d'expansif mais, ce jour-là, c'était plus fort que moi.

Je finis par le repérer, et mon sourire disparut. Il était en train de parler avec Alyce, la fille avec qui je l'avais vu quelques jours plus tôt. Mon estomac se serra, mais je m'imposai de ne pas tirer de conclusions hâtives. Ils pouvaient très bien discuter d'un projet scolaire.

J'attendis qu'elle s'éloigne pour rejoindre Daniel. Je ne savais pas encore quelle attitude j'allais adopter. Je réfléchis en avançant vers lui.

— Salut, Daniel, dis-je en souriant.

Il me rendit mon sourire.

— Lucy ! Où étais-tu passée ? Je t'ai appelée hier soir, mais tu ne m'as pas répondu.

Oui, Daniel m'avait appelée... Occupée avec mes amis, je ne m'en étais pas aperçue. En fin de soirée, j'avais oublié de lui envoyer un message pour m'excuser.

— Désolée, j'étais sortie, et je n'ai pas fait attention. Tiens, j'ai vu que tu discutais avec Alyce...

Impossible de résister, il fallait que je le lui demande.

— Alyce est dans mon cours d'allemand. On était en train de parler d'un devoir à faire ensemble pour la dernière éval' de l'année. Pourquoi ?

— Pour rien, simple curiosité, dis-je comme si de rien n'était.

Il me serra dans ses bras.

— Tu m'as manqué hier. Ce n'était pas pareil sans toi : je n'avais personne pour me casser les pieds et me parler de choses insensées pendant la pause déjeuner...

Il rit.

Je lui assenai un coup de poing sur le bras.

— Eh bien, toi, tu ne m'as pas manqué du tout !

— Ah bon ? C'est pour ça que tu m'as ignoré hier soir ?

— Non. Encore pardon. Hier soir, j'étais occupée.

— Tu faisais quoi ?

— J'ai fait la paix avec Dylan. Il est venu chez moi pour me présenter ses excuses, et finalement, on a décidé de passer la soirée avec Beth et Tyler.

Daniel eut l'air contrarié.

— C'est sympa... Au moins, vous pouvez vous parler comme avant.

Il était évident qu'il ne voulait pas s'étendre sur le sujet. De toute façon, je savais que Dylan et lui n'avaient pas d'atomes crochus, ils arrivaient tout juste à se saluer.

Comme d'habitude quand on parlait du loup, il apparut comme par magie. Dylan s'approcha de nous et me fit la bise, ignorant complètement Daniel.

— Lucy, comment ça s'est passé avec ta mère, hier soir ? Quand tu es rentrée, Ricky et elle s'étaient calmés ?

Je savais qu'il abordait le sujet juste pour contrarier Daniel.

— Pourquoi ? Il y a du nouveau ? s'enquit ce dernier, préoccupé.

— Tu n'es pas au courant ? Ricky a tout balancé à sa mère. C'est pour ça que Lucy n'est pas venue au lycée hier, répondit Dylan à ma place.

— Ricky n'arrivait plus à garder tout ça pour lui. Avant-hier, il a dit à maman qu'on avait vu papa, et qu'on savait la vérité sur M. Sullivan, complétai-je. Ça n'a pas été une conversation facile, et c'est pourquoi je suis restée avec lui à la maison hier, par solidarité fraternelle… Et, pour répondre à ta question, Dylan, hier soir, ma mère était calme, comme s'il ne s'était rien passé.

Je sentais que Daniel allait prendre mal de ne pas l'avoir su le premier.

— Et pourquoi tu ne me l'as pas dit ? lança-t-il en effet. Tu sais à quel point ta famille et toi vous comptez pour moi. On aurait pu passer la journée ensemble. Ça ne m'aurait pas embêté de sécher les cours pour toi.

— Je ne voulais pas t'inquiéter.

— Ou alors, tu n'es pas assez important pour elle, et elle n'avait pas envie de t'en parler, intervint Dylan.

À quoi il jouait ? Il faisait exprès d'aggraver la situation. Sa remarque alluma une étincelle de rage chez Daniel ; il serait difficile de l'éteindre.

— Qu'est-ce que tu as dit ? fit-il.

— Rien, répondis-je à la place de Dylan. Il plaisantait, n'est-ce pas ?

Ma tentative fut vaine : Dylan semblait décidé à le provoquer.

— J'ai dit que tu n'es pas assez important pour Lucy, insista-t-il. Pourquoi devrait-elle te raconter des choses aussi personnelles, alors qu'elle te connaît à peine ?

— Peut-être parce que je suis son petit ami ? riposta Daniel. Peut-être parce que c'est moi qui suis allé la consoler après la rencontre avec son père ? Peut-être parce que toi, tu ne la trouves pas assez importante pour lui consacrer ton temps, de peur de ne pas en avoir assez pour ta Caroline ?

La situation était en train de dégénérer ! J'ouvris la bouche pour les calmer, mais Dylan me devança :

— Son petit ami ! Depuis quand vous êtes ensemble ? Une semaine, et tu penses déjà la connaître assez bien pour avoir gagné sa confiance ? lança Dylan.

Je lui jetai un regard assassin, qu'il ignora. Les élèves qui nous entouraient commentaient la scène en ricanant, comme s'ils étaient en train d'assister à un spectacle hilarant.

Daniel fit un pas vers Dylan, l'air menaçant.

— Qu'est-ce que tu cherches ? C'est quoi, le problème ?

La situation était surréaliste... Je n'arrivais pas à y croire !

— Tu me tapes sur le système, voilà le problème. Tu débarques ici et, du jour au lendemain, tu perds la tête pour Lucy ? C'est du bidon, cette histoire de coup de foudre.

— Oui, je suis là depuis peu, mais ça ne t'autorise pas à me traiter comme une merde. Lucy et moi, on est ensemble, et alors ? Je trouve super bizarre que tu te comportes de cette manière juste par amitié ! Ou alors, tu ne considères pas Lucy juste comme une amie ?...

Cette question suffit pour que Dylan sorte de ses gonds. Il serra les mâchoires et décocha un coup de poing dans la figure de Daniel.

Cela déclencha une bagarre qui couvait depuis trop longtemps. Mon meilleur ami et mon petit ami se frappaient avec une fureur incroyable, ignorant mes tentatives pour les séparer. Seule l'intervention de Tyler mit fin aux hostilités.

Daniel se tourna vers moi. Sa mâchoire avait déjà pris une teinte violette et sa poitrine se soulevait et s'abaissait à une vitesse impressionnante. Sans faire attention à Dylan, je courus vers lui pour l'accompagner à l'infirmerie.

37

« Tu risques de ne plus jamais me revoir. »

— Aïe ! s'écria Daniel lorsque j'appliquai la glace sur sa joue tuméfiée.

— Désolée… Je suis obligée…

Qu'est-ce que je détestais Dylan en ce moment ! Pourquoi refusait-il d'accepter le fait que, moi aussi, j'étais tombée amoureuse ? Moi, je ne m'étais jamais mêlée de sa relation avec Caroline bien que j'en aie souffert ! Notre vie n'était pas une série télé, où les personnages enchaînaient intrigues et machinations.

— … Je n'arrive toujours pas à croire qu'il t'ait frappé. Quel crétin !

— Changeons de sujet, s'il te plaît. Sinon, je risque d'aller trouver ton pote pour remettre ça.

— D'accord, d'accord ! Tu ne m'as pas raconté pourquoi tes parents sont venus te voir, fis-je en lui prenant la main.

— Ils sont venus voir si je m'améliore depuis que je vis seul. Aujourd'hui, ils avaient rendez-vous avec le proviseur. Comme ça, ils vont apprendre pour la bagarre…, grimaça-t-il.

— Tu crois qu'ils pourraient décider de te ramener en Californie ? demandai-je.

— Non, je ne pense pas. Je te rappelle qu'ils se sont débarrassés de moi parce qu'ils avaient honte.

Il grimaça de nouveau.

— Ton ami a une sacrée droite. Dommage que Tyler m'ait arrêté... Je lui aurais fichu une bonne leçon.

— Ça n'aurait servi à rien !

— Si, au contraire. Qu'est-ce qu'il s'imagine ? D'abord, il t'ignore, il ne pense qu'à Caroline... Et tout à coup, il joue l'ami fidèle qui se soucie de toi, c'est pas net, tout ça ! Il doit être amoureux de toi, mais refuse de l'admettre.

Je haussai les épaules. Il est vrai que je l'avais pensé moi-même à plusieurs reprises, pour ensuite me rendre compte que c'était faux. Dylan aimait Caroline, point à la ligne.

— On s'en fiche, OK ? Repose-toi ; moi, je m'occupe de Dylan dès que l'infirmière revient. Tu peux être certain que, cette fois, il ne s'en tirera pas comme ça.

Daniel m'attira vers lui et me fit asseoir sur ses genoux.

— Je suis désolé que tu aies dû assister à cette scène. Je ne voulais pas, mais il m'a provoqué. Ça n'arrivera plus, je te le promets.

— Ce n'est pas ta faute, Daniel. Dylan se comporte comme un petit coq. Ça ne lui ressemble pas ! Mais peut-être que les gens changent avec le temps, au point de devenir méconnaissables.

En tout cas, mes sentiments avaient changé, eux. Tout ce que j'avais éprouvé pour Dylan pendant des années, ces innombrables choses qui m'avaient fait craquer pour lui étaient à présent sans importance. Dire que j'avais cru que cela n'arriverait jamais... Or dans cette petite pièce de l'infirmerie, je venais de comprendre que mes sentiments pour lui avaient disparu, ou plutôt, que je les avais reportés sur Daniel.

— J'espère que l'infirmière ne va pas tarder, j'ai hâte de dire ses quatre vérités à Dylan.

— Lucy, ne t'en mêle pas. C'est entre lui et moi. Tu ne vas pas encore te fâcher avec lui !

— Dylan est mon ami, mais il ne peut pas tout se permettre ! Je ne me tairai pas. Il doit comprendre que, s'il se dresse contre les personnes que j'aime, il se dresse aussi contre moi.

Il sourit et m'embrassa la main.

— Je ne t'avais jamais vue aussi déterminée.

— Moi non plus.

Je posai mon front contre le sien. Je fermai les yeux et respirai à fond. Le parfum de Daniel me redonna de l'énergie.

Dès que l'infirmière revint, je sortis de la pièce et filai vers la salle d'attente, où Dylan devait être soigné à son tour. Il massait son épaule endolorie.

— Tu peux me dire ce qui t'est passé par la tête ? m'écriai-je. Tu te présentes chez moi, tu dis que tu m'aimes et que tu veux me voir heureuse, et le lendemain, tu te jettes sur Daniel comme une brute ! Je te jure que, cette fois, si tu ne me donnes pas d'explication valable, tu risques de ne plus jamais me revoir.

Dylan se taisait, l'air perdu. Mais je voulais qu'il se comporte en ami et me dise la vérité.

— Alors ? Vas-y, réponds-moi !

— Je n'ai pas envie de parler de lui, Lucy. Trop d'honneur pour ce crétin ! Je ne veux même pas entendre son nom. D'ailleurs, pourquoi n'es-tu pas avec lui ?

— Désolée, il faut que tu m'expliques. Qu'est-ce qu'il t'a fait ? Pourquoi tu le détestes ?

— Il t'a éloignée de moi, lâcha-t-il.

— Il m'a éloignée de toi ?

J'élevai la voix, furieuse.

— C'est faux ! Je ne t'ai jamais accordé moins d'importance. Ce ne sont que des prétextes, Dylan. La vérité, c'est que tu n'as aucune raison valable pour justifier ce que tu as fait. Si tu as quelque chose à me dire, parle maintenant ! Après, ce sera trop tard.

— Je t'ai déjà donné ma réponse. S'il te plaît, je voudrais rester seul. Tu me fiches la migraine.

— J'ai besoin d'une vraie réponse. Sois sincère…

— Dylan ! cria Caroline, qui venait d'entrer dans la salle.

Elle courut l'enlacer, lui prit le visage entre ses mains et l'embrassa sur la bouche. Je préférai ne pas écouter ce qu'ils se murmuraient à l'oreille. Je les laissai seuls et me hâtai vers la salle du deuxième cours, étant donné que j'avais déjà raté le premier.

Dans l'après-midi, Daniel me demanda s'il pouvait passer me voir avant de rentrer chez lui, où l'attendaient ses parents, évidemment furieux à cause de ce qui s'était passé.

Heureusement, maman et Ricky n'étaient pas là, sinon ils m'auraient bombardée de questions sur Daniel. Il suffisait qu'un garçon se montre chez nous pour que les questions jaillissent, c'était plus fort qu'eux.

— Tu n'aurais pas un peu de glace ? Ça fait super mal, fit Daniel en s'installant sur le canapé du salon.

— Bien sûr.

Je passai dans la cuisine et enveloppai des glaçons dans un linge. Le portable vibra dans ma poche : encore un message de Dylan ! Il n'avait pas aimé la manière dont s'était conclue notre discussion ce matin, et voulait qu'on s'explique. Seulement, je n'en avais plus envie.

Je l'ignorai et rejoignis Daniel dans le salon. Il m'accueillit avec un sourire craquant.

— Merci, dit-il en appliquant la glace sur son bleu. J'espère que tu t'es pas fâchée à mort avec lui.

— Non... J'ai juste décidé de ne plus lui adresser la parole, ironisai-je.

— Tu m'étonnes, Lucy..., commenta Daniel. Si tu es amoureuse de lui, ce doit être difficile.

— Mais je ne suis plus amoureuse de lui ! Je me demande même si je l'ai jamais été. C'était plutôt une obsession. Il fallait juste que je trouve quelqu'un de bien pour m'en rendre compte.

— Et tu l'as trouvé ?

— Oui, répondis-je avec assurance.

— Et qui est ce mec chanceux ?

Je ris.

— Je ne sais pas si on peut le définir comme chanceux, étant donné qu'il doit supporter une fille comme moi.

— Oh si, il l'est ! J'aimerais être à sa place…

— Alors, tu seras content de savoir qu'il s'agit de toi.

— Vraiment ? fit-il, l'air surpris.

— Tu dois trouver bizarre que tout ait commencé parce que je voulais le rendre jaloux… Mais cela m'a permis de comprendre qui je veux avec moi et qui peut me rendre heureuse.

Sans dire un mot, il m'attira contre lui et m'embrassa tendrement. Le baiser devint vite passionné ; quelques instants plus tard, nous enlevions nos tee-shirts…

J'avais longtemps cherché un garçon qui puisse me faire oublier Dylan, et je l'avais enfin trouvé.

38

« Il me le paiera, ce salaud ! »

Tout allait bien. Enfin, presque : les choses avec Dylan ne s'étaient pas encore arrangées…

De plus, à la maison, c'était la guerre, car mon frère essayait de convaincre ma mère de le laisser aller vivre avec papa. Cela la rendait folle ; pour le faire changer d'avis, elle semblait prête à tout.

Je ne m'en mêlais pas ; ils étaient suffisamment grands pour prendre une décision sans mon aide. D'ailleurs, je partirais bientôt pour l'université : alors, tous ces problèmes disparaîtraient de ma vie, pour être remplacés par d'autres…

Ce matin-là, au lycée, tout allait comme sur des roulettes. Le baiser de Daniel avait embelli ma journée, je n'avais croisé ni Dylan ni Caroline ; même les cours n'étaient pas aussi pénibles que d'habitube… Que demander de plus ?

Avant d'affronter l'heure de maths avec M. Sullivan, j'allai aux toilettes pour me rafraîchir un peu.

Une fois dedans, j'entendis une fille pleurer. Je ne fus pas étonnée de découvrir Beth, assise par terre dans l'une des cabines. La raison de ce soudain changement d'humeur était facile à deviner…

Quand je l'appelai, elle sortit de sa cachette et se jeta dans mes bras. Je la serrai fort contre moi. Il s'était encore moqué d'elle ! Pourquoi ne m'avait-elle pas écoutée ? Nous savions tous que, tôt ou tard, Tyler la ferait souffrir.

— Je le déteste, Lucy, sanglota-t-elle. Il m'a traitée comme une merde et il m'a laissée tomber.

— Je sais, Beth, murmurai-je.

— Il m'a dit que je ne serais jamais autre chose qu'un passe-temps. Il me le paiera, ce salaud, je te le jure !

Ce ton déterminé m'inquiétait… J'eus le pressentiment que cette histoire allait mal se terminer.

— Allez, ne pleure pas ! On va montrer à Tyler que tu es plus forte qu'il ne le croit, d'accord ?

— Je ne peux pas.

— Mais si, tu peux. Alors, tu vas arborer ton plus beau sourire et prouver à ce minable que tu ne te laisses abattre par personne et que tu n'as pas l'intention de perdre ton temps avec des nuls.

C'étaient les paroles que j'aurais aimé entendre, moi aussi, quand j'avais essayé désespérément d'attirer l'attention de Dylan…

Beth respira à fond et s'approcha du miroir pour refaire son maquillage avant de me suivre dans la classe.

Le prof n'était pas encore arrivé. J'étais en train de sortir mes affaires quand Dylan vint vers moi.

Il avait l'air anxieux : les sourcils froncés, les lèvres étirées en une ligne sévère. Ses yeux étaient emplis de tristesse ou de peur… « Peut-être la peur de m'avoir perdue pour toujours », me dis-je. C'est vrai que, plus j'allais de l'avant, et plus certaines attitudes de Dylan me déplaisaient. Ces derniers temps, il se comportait décidément de manière bizarre, et moi, j'étais trop fière pour lui demander ce qui le troublait.

— Salut…, dit-il tout bas.

Je ne lui accordai pas un regard. Il était allé trop loin, et je n'avais aucune intention de lui pardonner, en tout cas pas dans l'immédiat. Il devait réfléchir à ses actes et accepter ma relation avec Daniel, même si ça ne lui plaisait pas.

— Lucy…, insista-t-il. Je sais que j'ai exagéré, et que tu es fâchée à cause d'hier, mais j'avais mes raisons. À l'infirmerie, je n'ai pas eu le courage de te dire que ça me fait mal de te voir aussi distante. N'avoir personne à qui parler dans les moments difficiles m'a fait comprendre beaucoup de choses… Et si tu as des questions, je suis prêt à te dire tout ce que tu veux, sincèrement.

— Dans ce cas, pourquoi tu n'as rien dit hier ? J'étais venue pour te parler, pour essayer de comprendre… et tu m'as ignorée. Tu as déjà eu ta chance, Dylan ; maintenant, ce que tu as à me dire ne m'intéresse plus. Va retrouver ta Caroline et occupe-toi d'elle.

— C'est vraiment important, lâcha Dylan en me regardant droit dans les yeux. J'ai besoin de te sentir proche de moi.

Si j'avais été la personne que j'étais quelques mois plus tôt, je me serais laissé convaincre. Ces yeux-là m'avaient fait perdre la tête à maintes reprises…

— Le cours va commencer.

Je conclus notre conversation et m'installai sur ma chaise. À ce moment, M. Sullivan entra et, pour une fois, je fus heureuse de le voir.

Inutile de dire qu'il me fut impossible de me concentrer sur le cours… Les paroles de Dylan résonnaient dans mon crâne : *J'ai besoin de te sentir proche de moi.*

Oui, mais pourquoi cette attitude hostile à l'égard de Daniel ? Une seconde, je pensai que mon petit ami me cachait quelque chose de grave. Pourtant, bien que je le connaisse depuis peu, je savais qu'il était honnête. Alors, pourquoi Dylan l'avait-il attaqué avec une telle violence ?

À la pause déjeuner, je me hâtai de chercher Daniel. Je voulais qu'il m'enlace et me serre contre lui.

Je le trouvai devant son casier.

— Et voilà mon petit cœur, dit-il en souriant. On va manger ensemble ?

Il gardait les yeux fixés sur mes lèvres. Je le taquinai :

— Avec toi ? Même pas en rêve ! Qui voudrait déjeuner avec toi ?

— Un tas de filles, se vanta-t-il.

— Je ne suis pas l'une d'elles.

— Tu as raison, tu es spéciale, lança-t-il. Plus casse-pieds que toi, tu meurs !

Nous nous esclaffâmes tous les deux.

— Aujourd'hui, Dylan a l'air plutôt calme, reprit-il. Mais je me tiens tout de même à distance, pour éviter qu'il ne me saute encore dessus. Je ne veux pas d'autres problèmes, dit Daniel.

— Et tes parents, qu'est-ce qu'ils ont dit ? demandai-je tandis qu'on entrait au self.

— Ils étaient en colère, mais pas trop. Heureusement, Cannon Beach est très loin de Los Angeles, aucun de leurs amis ne saura jamais rien de cette histoire. Quand ils rentreront, ils pourront prétendre que j'ai beaucoup changé et que je suis devenu raisonnable.

À ce moment, un message arriva sur mon portable, en provenance d'un numéro caché. Je l'ouvris, intriguée : il ne comprenait pas de texte, juste une image.

Je restai sans parole en voyant apparaître une photo de Tyler à seize ans, nu…

Beth !

39

Dylan ou Daniel ?

Je ne me serais jamais attendue à ce que Beth fasse circuler la photo de Tyler. Elle savait parfaitement quelles en seraient les conséquences ! Je risquais de gâcher des années d'amitié avec Dylan pour un stupide cliché ; j'en étais malade. Je n'aurais jamais dû le donner à Beth ! Les gens n'en finissent pas de nous étonner…

J'errai dans les couloirs à la recherche de Beth, même si cela n'avait plus grande importance, étant donné que la photo avait été vue par tout le lycée. Les gens rigolaient en regardant leur portable et partageaient l'image avec d'autres. La situation était en train de dégénérer !

J'avais laissé Daniel seul au self en lui promettant de revenir très vite. Il avait voulu m'accompagner et me soutenir, mais je sentais que je devais être seule pour résoudre la situation. Il me fallait trouver Tyler et le convaincre de ne pas me descendre auprès de Dylan.

Quand j'aperçus Beth, je courus vers elle comme une furie. Elle riait, son portable à la main, l'air satisfaite de ce qu'elle avait fait. Je l'aurais tuée ! Elle n'avait pensé qu'à elle et à sa vengeance, sans considérer le fait que Tyler s'en prendrait ensuite à moi. Elle n'avait rien à perdre ; moi, si.

— Pourquoi tu as fait ça ? m'écriai-je.

Beth sursauta.

— Je devais le faire. Désolée.

— Tu devais le faire ? Personne ne t'y a obligée, Beth ! Tu te rends compte de ce que tu as fait ? Merde ! Tu avais mille autres façons de te venger, et tu as choisi la pire. Celle qui me fera le plus de mal à moi, parce que Dylan ne voudra plus jamais m'adresser la parole ! Tu n'y as même pas accordé une pensée. Je croyais que tu étais mon amie.

J'avais envie de pleurer en pensant aux conséquences.

— Je suis ton amie, Lucy. Réfléchis : l'année scolaire se termine, et, après toutes ces années, tu auras enfin l'occasion de savoir si ce crétin de Dylan éprouve quelque chose pour toi, ou si ce n'est que de l'amitié. J'ai bien réfléchi avant d'envoyer cette photo. Fais-moi confiance, c'est une bonne chose pour toutes les deux.

— Non, Beth. Comment veux-tu que lui et moi on reste proches s'il me dit qu'il n'y aura jamais rien entre nous ? Toi, évidemment, tu t'en fous. Tu ne penses qu'à toi ! Je t'avais dit mille fois de rester loin de Tyler parce qu'il te blesserait. Pourquoi tu ne m'as pas écoutée ?

— J'ai suivi mon instinct, se justifia Beth.

Je compris que je perdais mon temps à lui parler, il valait mieux que je parte à la recherche de Tyler. Sans un mot de plus, je fis volte-face et je la laissai seule. Je fouillai la moitié du lycée avant d'apercevoir Tyler et Dylan en train de discuter dans la cour. Tyler était rouge de colère.

Ça ne s'annonçait pas bien du tout, mais je ne pouvais plus faire marche arrière. Le cœur battant à mille à l'heure, je m'approchai d'eux. Tyler me jeta un regard assassin :

— Oh, tiens Lucy ! Tu ne devrais pas dire quelque chose à Dylan ?

À mon tour, je le foudroyai du regard.

— Euh, oui... Rien d'important. En tout cas, j'espère que cela ne mettra pas fin à notre amitié. Tu sais bien à quel point j'y tiens, je ne voudrais pas qu'une telle sottise nous sépare. Voilà : jusqu'à il y a un mois, j'étais amoureuse de toi... Cela durait depuis des années, mais je n'ai jamais eu le courage de te l'avouer. Je ne voulais pas gâcher notre relation, ni t'éloigner de Caroline. J'ai tout fait pour savoir si toi aussi tu éprouvais la même chose, surtout cette année. J'ai même passé un pacte avec Daniel, qui devait faire semblant d'être avec moi pour te faire réagir. Seulement, je suis tombée amoureuse de lui. Quant à toi, ne t'inquiète pas, maintenant, c'est terminé, je ne suis plus amoureuse de toi, et même si c'était encore un peu le cas, je m'efforcerais de ne plus y penser. Tu sais que notre amitié compte plus que tout pour moi.

Je fus claire et directe : je n'avais pas envie de tourner autour du pot, ou plutôt, je voulais en finir le plus vite possible.

Dylan m'observa quelques secondes avant de me poser une question surprenante :

— Et tu crois qu'un sentiment aussi fort peut disparaître en quelques semaines ?

— Non. Bien sûr que non. Mais entre Daniel et moi, tout marche à merveille. Et grâce à lui, j'ai réussi à surmonter cet amour sans espoir.

— Je le savais… Et c'est pour ça que je le déteste, lâcha-t-il.

— Tu m'expliques, là ? fis-je, troublée.

— Il aurait mieux valu qu'il ne s'en mêle pas ! Lucy, moi aussi, j'ai quelque chose à t'avouer. Quand je t'ai dit que j'écoutais cette chanson parce que j'avais été amoureux de toi, je n'ai pas été tout à fait sincère… La vérité, c'est que je le suis encore. Je suis dingue de toi, Lucy ! Pas de Caroline, comme je le pensais à un moment. Ce sentiment que j'éprouvais dans le passé est remonté à la surface, et je ne peux pas le réprimer une deuxième fois. Maintenant, il est trop fort. Je ne fais que penser à toi. C'est de te voir heureuse avec un autre qui m'a fait comprendre que tu n'es pas simplement une amie.

Je ne savais que dire. J'étais partagée entre l'envie de l'enlacer, et celle de le gifler.

Complètement perdue, je ne pouvais que constater que mes sentiments à son égard s'étaient transformés.

« Tu es stupide, ma pauvre ! Tu attends ce moment depuis toujours, et quand le rêve de ta vie est sur le point de se réaliser, tu hésites ? » me reprocha ma petite voix intérieure.

Oui, mais le problème, c'est que désormais Daniel était là, et que j'éprouvais quelque chose de fort pour lui.

— Je vais être très clair, Lucy, même si ce que je vais te dire va te troubler : je veux bien attendre tout le temps qu'il te faudra pour réfléchir. Mais si, à la fin, tu choisis Daniel, tu devras me dire adieu. Je ne pourrai pas rester auprès de la fille que j'aime si je sais qu'elle ne sera jamais à moi. À toi de voir.

— Ce n'est pas juste, Dylan ! me révoltai-je. Tu ne peux pas me placer devant un choix aussi difficile.

— Oh si, je peux. Tu ne devrais même pas avoir de doutes, répondit-il en haussant le ton.

En effet, je n'aurais eu aucun doute si Daniel n'était pas entré dans ma vie avec sa gentillesse, son sourire, son envie de prendre soin de moi. La balance penchait de son côté, mais je n'avais pas le courage de m'avouer que ces derniers mois tout avait changé et que, désormais, c'était à lui qu'appartenait mon cœur.

— On n'en serait pas là si tu ne m'avais pas ignorée pour courir derrière ta Caroline !

— Et toi, tu aurais pu me parler de tes sentiments il y a longtemps.

— Vraiment ? Comment j'aurais fait ? Tu n'avais que son nom à la bouche ! Et je ne voulais pas prendre le risque de perdre ton amitié.

— Eh bien, c'est ce qui va t'arriver si tu ne fais pas le bon choix.

— Garde tes menaces pour toi, Dylan. Ce n'est pas toi qui vas prendre la décision à ma place ! lançai-je.

Sur ce, je m'éloignai pour ne plus me donner en spectacle devant un Tyler hilare.

Oui, le choix me revenait entièrement… Quel nom allais-je prononcer : Dylan ou Daniel ?

40

Il avait laissé une marque indélébile en moi.

Dylan m'avait mise dans une situation impossible. Choisir Daniel me ferait perdre mon meilleur ami. Mais le choisir, lui, signifiait renoncer au seul garçon qui m'avait permis de me sentir vivante et amoureuse après toutes ces années perdues.

Pendant des jours, je ne pensai qu'à ça.

Il aurait mieux valu que tout cela arrive en été, ou plutôt… pas du tout ! Il aurait mieux valu que je ne tombe jamais amoureuse de Dylan et que je ne me mêle pas de l'histoire entre Tyler et Beth…

À la pause déjeuner, je racontai à Daniel ce qui s'était passé. J'avais besoin de quelqu'un pour me conseiller, ou simplement pour m'écouter, étant donné que mes amis n'étaient plus là.

— Quelle serait ta réaction si je choisissais Dylan ?

Je ne l'avais pas demandé parce que j'avais décidé de choisir Dylan, mais parce que j'étais réellement curieuse de le savoir.

— Je me sentirais mal, bien sûr. Tu étais enfin en train de l'oublier, et tu semblais partager mes sentiments. Mais tu ne me perdrais pas... Je pourrais comprendre. L'amour est un sentiment incontrôlable. Je serai toujours là pour toi, Lucy, même si ton choix tombe sur Dylan.

Il sourit et me serra la main.

Cela suffit pour m'éclaircir les idées : je voulais un garçon comme Daniel à mes côtés, quelqu'un qui me traite comme je le méritais.

Ses paroles m'avaient touchée. Daniel était différent de tous les garçons que j'avais connus jusque-là ; quoi que je décide, il comprendrait... il voulait juste me voir heureuse. Je me levai pour le serrer dans mes bras.

Il attendit un peu avant de me rendre mon étreinte. Les gens nous dévisageaient, mais ça m'était égal.

— J'espérais que tu me donnerais ce genre de réponse..., murmurai-je. C'est toi que je veux, Daniel. Peu m'importe ce qui arrivera avec Dylan. Maintenant, plus que jamais, j'ai besoin d'un garçon comme toi.

Il me caressa doucement la joue et se pencha pour m'embrasser sur les lèvres :

— Lucy, je suis amoureux de toi.

— Moi aussi..., dis-je, très émue.

— Tu vas devoir le dire à Dylan. Je me demande comment il va réagir...

Une angoisse terrible me noua l'estomac au souvenir des plus beaux moments passés avec Dylan.

— Mal, c'est évident. J'espère juste qu'avec le temps il comprendra. Je ne veux pas le perdre.

— Il est intelligent ; je suis sûr qu'il réagira bien. Lui non plus ne veut pas te perdre.

— Je l'espère.

Le dernier cours de la journée s'achevait. J'attendais avec angoisse le moment de parler à Dylan.

Je le trouvai devant le lycée, assis sur un banc. Lorsque je m'installai près de lui, il dit :

— Apparemment, ton choix est tombé sur lui. Je vous ai vus au self.

— Dylan...

— Non, Lucy, je ne veux rien entendre. Tu préfères une personne que tu connais depuis quelques mois à un ami qui a été proche de toi pendant des années.

— Ça n'a rien à voir. Je tiens énormément à toi. Notre amitié est très importante, mais je ne peux pas faire semblant de t'aimer seulement parce qu'on se connaît depuis des années.

— Bien. Alors, je vous souhaite d'être heureux ensemble. Salut !

Il se leva et fit mine de partir.

— Dylan !

Il se retourna.

— Qu'est-ce que tu veux, Lucy ?

— Parle-moi, je t'en prie.

L'idée de le perdre me rendait folle. Des années et des années d'amitié ne pouvaient pas s'achever ainsi !

— De quoi, Lucy ? Je ne peux plus prétendre que je ne suis pas amoureux de toi. Et je ne supporterais pas de te voir avec un autre.

Quelques mois plus tôt, j'aurais pu prononcer les mêmes paroles. Seulement, mes sentiments n'étaient plus les mêmes.

— Dylan, je t'en prie, je ne veux pas te perdre !

Il resta silencieux quelques secondes, puis reprit :

— Tu avais un choix à faire, et tu l'as fait. Nous ne devons pas être faits l'un pour l'autre...

— Notre amitié ne peut pas finir comme ça !

— Mets-toi à ma place : tu pourrais rester près de moi en sachant que je suis amoureux d'une autre ?

Je faillis rire... Il me le demandait sérieusement ? Cela faisait des années que je l'entendais parler de Caroline, que j'avais quasiment poussée dans ses bras...

— Je l'ai déjà fait, Dylan. Pendant que tu courais derrière Caroline, j'ai continué à être ton amie, je t'ai même aidé à te rapprocher d'elle, bien que ça me fasse mal. Je souffrais chaque fois que tu la regardais, que tu me parlais d'elle ! Pourtant, je suis restée auprès de toi. J'ai refoulé mes sentiments pour préserver notre amitié. Alors, ne dis pas que c'est impossible, pas à moi !

— Désolé, moi, je ne peux pas. Apparemment, on ne voit pas les choses de la même manière.

Il fit un pas en arrière, et je lui agrippai le bras pour l'empêcher de partir.

— Dylan, ne fais pas ça !

— Je te souhaite beaucoup de bonheur, Lucy, lança-t-il avant de tourner les talons.

Le monde se mit à tourner autour de moi tandis que mon meilleur ami s'éloignait. J'avais détruit notre relation ; ma plus grande peur était devenue réalité.

Dylan tint sa promesse : il ne m'adressa plus jamais la parole. Je l'appelais, mais il ne répondait pas. Quand je le rencontrais dans la rue, il faisait semblant de ne pas me voir. Cela m'arrivait souvent de croiser son regard, d'observer en cachette le sourire qui m'avait fait perdre la tête pendant des années, et je sentais encore de la jalousie quand je le voyais parler avec d'autres filles. Beth devint sa meilleure amie, et ça me fit très mal...

Dylan m'avait révélé ses sentiments tard. Si je l'avais su avant, je n'aurais eu aucune hésitation. Mais entre-temps Daniel était entré dans ma vie, telle une tornade qui avait semé le chaos et emporté toutes mes certitudes. C'était lui, le garçon qu'il me fallait, je n'avais plus aucun doute là-dessus.

Beth et Tyler, eux, finirent par devenir un véritable couple. Elle avait encore souffert avant qu'il se décide enfin ; mais apparemment, ça en valait la peine.

Beth me demanda pardon pour la photo, et je lui pardonnai ; mais je savais que nous ne pourrions pas redevenir les amies que nous avions été. Son attitude égoïste lui avait fait perdre ma confiance. Je continuai à lui parler de temps à autre, juste pour savoir comment ça allait entre Tyler et elle, mais rien de plus.

Entre Daniel et moi tout se déroula à merveille. Nos rares disputes ne servirent qu'à consolider notre relation. Pendant notre dernière année universitaire, il me demanda de l'épouser, et depuis, je n'ai cessé d'être heureuse.

Quant à Dylan, même s'il ne me donna plus jamais de ses nouvelles, il avait laissé une trace indélébile en moi. D'une certaine manière, nos cœurs continuèrent de battre à l'unisson, et j'étais sûre que ce fil subtil qui les liait ne se briserait jamais.

Sur le chemin de la vie, on a parfois la chance de rencontrer une personne spéciale. Je savais, en mon for intérieur, que Dylan resterait toujours gravé dans ma mémoire et dans mon cœur.

Merci de tout cœur à vous tous !

Ouvrage composé par
PCA – 44400 Rezé

Cet ouvrage a été imprimé
en Allemagne par
GGP Media GmbH
à Pößneck

S27931/01

PKJ • POCKET JEUNESSE
www.pocketjeunesse.fr

FSC
www.fsc.org
MIXTE
Papier issu de
sources responsables
FSC® C003309

Pocket Jeunesse, une marque d'Univers Poche,
est un éditeur qui s'engage pour
la préservation de son environnement
et qui utilise du papier fabriqué à partir
de bois provenant de forêts gérées
de manière responsable.